不正經的魔術講師與
追想日誌
3
Memory records of bastard magic instructor

「啊啊啊啊啊啊啊——！不要那麼狼吞虎嚥啦！很丟人現眼耶！」

在悠特河岸的某個廣場上，盛開著宣告春天到來的櫻花。

西絲蒂娜的尖聲大叫響徹四周。

「老師你真是的！我們今天是來賞花的耶!?你好歹抬頭看一下花朵吧!?怎麼一來就一直在吃東西！」

葛倫等人今天特地來賞花。

不過，或許是碰上發薪日前的斷糧危機，葛倫對頭上的櫻花完全視若無睹，逮到補充營養的大好機會，埋頭猛吃便當，西絲蒂娜見狀，像示威的小貓般針對他碎碎唸。

「你說『因為便當都是你喜歡吃的菜色』?那只是偶然好嗎！而且那是我們所有人的便當，不是專為老師一個人準備的！追根究柢，老師你之所以會餓成那樣，都怪老師你平常沒什麼金錢觀——」

「嗯?西絲蒂娜又開始說教了。這個便當……不是妳特地幫葛倫做的嗎?」

「啊哈哈，真的很不坦率呢。」

梨潔兒訝異地眨著眼睛，魯米亞則是面帶苦笑，注視著吵吵鬧鬧的葛倫和西絲蒂娜。

四人就這麼悠閒地度過了一段歡樂而平靜的時光。

「『不給糖，就搗蛋？』」

今天是歡樂的萬聖節。扮成了魔女的梨潔兒來到葛倫面前。

「嗯。我也不是很懂。只知道只要這樣說就能討到糖果，剛才西絲蒂娜和魯米亞也跑去跟伊芙要了。所以給我糖果吧，葛倫。」

雖然梨潔兒跟平常一樣面無表情，一臉沒睡飽，而且對於這個活動的涵義似乎也只有一知半解，不過她還是挺起胸膛，看似樂在其中。

「……咦？你沒有糖果？……沒錢買？……嗯。是嗎……那……太可惜了。」

聽到葛倫那一如既往沒出息的回答，梨潔兒垂頭喪氣，顯得有些失望。

「那我只好搗蛋了。人家說，如果沒給糖的話，就可以搗蛋……我可以搗蛋嗎？……嗯，不用客氣？我知道了，葛倫。」

於是——

梨潔兒突然當著葛倫的面，鍊出了一把長度跟成人身高差不多的大劍，並高高舉起——

「嗯……好，準備完了。那麼立刻來搗蛋吧……

……咦？為什麼你要逃走，葛倫？」

只見葛倫如脫兔般頭也不回，以完美的奔跑姿勢逃之夭夭，梨潔兒緊追在後。

「不要跑，葛倫。『不給糖，就搗蛋』。」

祭典之夜，一場不講仁義的捉迷藏就此展開——

Merry Christmas

「老師，聖夜祭快樂！」

穿戴了紅色衣服和帽子，後面揹著白色袋子的魯米亞，現身在葛倫面前。

「咦？老師你問我『為什麼這麼晚了還出現在你的房間裡』嗎？」

魯米亞向在床上一臉茫然的葛倫張開雙臂，原地轉圈。

「呵呵，現在的我可是聖誕老人喔。今晚是聖夜祭……所以我準備了禮物，要送給平時對我關愛有加的老師。老師願意收下嗎？」

葛倫被精心裝扮前來送禮的魯米亞嚇了一跳而說不出話，不過還是點頭答應。

「謝謝。我就知道老師一定會接受我的心意的……咦？你想知道禮物是什麼？嗯，我要送的禮物嗎……就是『我自己』。」

魯米亞向目瞪口呆的葛倫投以嬌柔的眼神，一邊走上前一邊說道：

「老師……請你收下『我』這份禮物吧……」

——隔天早上。

（嗚嗚～……我怎麼會做那種夢……我今天能好好直視老師的臉嗎……？）

魯米亞用雙手摀著燙到快冒煙的臉，走在往學院的路上。

「今晚就是聖夜祭了！我們換上聖誕老人的服裝來
開派對吧！」
「……嗯。好期待。」
西絲蒂娜和梨潔兒對魯米亞心中的糾結一無所知，
天真無邪地走在前面。
三人今天同樣迎接了和平又快樂的一天。

Memory records of bastard magic
instructor

CONTENTS

輕小說

L

不正經的魔術講師與追想日誌

3

羊太郎

插畫/ 三嶋くろね　譯者/ 林意凱

葛倫好像很開心，真是太好了……

《女帝》賽拉・希瓦斯

Memory records of bastard magic instructor

Character

阿爾貝特·弗雷澤

隸屬帝國宮廷魔導士團特務分室。葛倫的前同袍。帝國首屈一指的狙擊手，從戰鬥到諜報，所有任務都能一手包辦，是各項能力突出的頂尖魔導士。

葛倫·雷達斯

主角。阿爾扎諾魔術學院的魔術講師，討厭魔術。不管做什麼事都馬馬虎虎、懶懶散散，以魔術師來說只是個三流人物，找不到任何一處優點。不過他真實的面貌是——？

瑟莉卡·
阿爾佛聶亞
阿爾扎諾帝國魔術學院教授。外貌年輕，不只養育葛倫長大，還傳授魔術給他，是名謎團重重的女性。對葛倫有溺愛的一面。
梨潔兒·
雷佛德
隸屬帝國宮廷魔導士團特務分室。雖然被派到學院來擔任魯米亞的護衛，但不知何故老是追著葛倫屁股跑。
西絲蒂娜·
席貝爾
綽號「師見愁」，一板一眼的資優生。常常受不了葛倫吊兒郎當的態度把他罵得狗血淋頭，這樣的畫面已經成了學院的特色。
魯米亞·
汀謝爾
個性清純善良，人見人愛，無論走到哪裡都大受歡迎。內心十分仰慕拼命保護學生的葛倫。常常在葛倫和西絲蒂娜吵架的時候扮演和事佬。

魔導偵探羅莎莉的事件簿

The Case-Book of Rosalie Detert

Memory records of bastard magic instructor

「不好意思啊，魯米亞。難得放假，還硬拉妳跟我出門……」

「呵呵，沒關係啦，老師。反正我今天有的是時間……而且感覺好像跟老師約會一樣，還滿有趣的喔？」

「笨蛋，不要藉機調侃我啦。」

某個假日，接近正午時分。

葛倫和魯米亞結伴走在菲傑德南區的商業大街上，道路兩旁開滿了各式各樣的商店和攤販。

葛倫的手上拿著兩本書，那是他今天在舊書店尋獲的戰利品。

「幸好有妳陪我來，我才能找到打算用在課堂上的書籍……謝啦。」

「不客氣。」

葛倫穿過洶湧的人潮往前走，魯米亞向他的背影投以微笑。

「即使我覺得內容不錯，還是需要實際聽課的學生給我意見，不然很難判斷哪一本書實用……啊啊，有夠麻煩的。」

葛倫或許是以為街上人聲鼎沸，沒人會聽到他碎碎唸的聲音，所以掉以輕心了。

當葛倫獨自嘟囔著一點也不符合他個性的事情時，魯米亞一直笑咪咪地盯著他看，但葛倫完全沒有發現她的視線。

（如果西絲蒂和梨潔兒也在的話就好了……）

這是魯米亞今天唯一的遺憾，不過這也沒有辦法。

梨潔兒感冒臥病在床，所以西絲蒂娜留在家照顧她。

本來魯米亞也打算留下來幫忙，不過西絲蒂娜說「沒關係，這裡交給我就好，妳陪老師上街吧」，硬是把她趕了出去。

（雖然西絲蒂一定不會承認……可是她應該很想跟老師出門吧。）

見好友一如往常口是心非，魯米亞也只能苦笑，同時由衷感謝她幫忙促成自己和葛倫相處的快樂時光。

「好了，差不多該吃午餐了。」

葛倫看著懷錶說道。

「直接就地解散好像也太不厚道了……要不要找個地方一起吃飯？當然由我請客，就當作今天妳陪我出門的謝禮吧。」

「咦？可以嗎？呵呵，好的，既然老師你這麼說，我就不客氣了喔？謝謝老師。」

沒想到葛倫會約自己共用午餐，魯米亞不禁露出花開般的燦笑。

於是，葛倫和魯米亞前往飲食店和路邊攤集中的地區。

「其實這裡有一間隱藏名店，它們的義大利麵超好吃的喔。」

「真的嗎？呵呵，我開始期待了。」

開心地談天說笑的兩人走進了冷清的巷道，這時——

「老、老師！你看那個……！」

「什麼……!?」

只見有一名女性趴倒在道路的正中央。

「喂、喂！妳還好嗎!?有沒有怎樣!?振作一點！」

葛倫連忙衝上前，抱起了癱軟無力的女性。

對方是個美少女，色澤清澈的紅茶色頭髮令人印象深刻。年紀大概介於葛倫和魯米亞之間。

那頭乾爽滑順、搔得葛倫的手發癢的長髮保養得無微不至，後面的頭髮分成好幾簇，綁得十分整齊。

不管是少女身上的白色長罩衫、格紋百褶裙、寶石波洛領帶、繫帶長靴還是披肩斗篷大衣……全部都是大手筆地使用了高級材料的奢侈品。

從地上抱起少女的瞬間，葛倫的鼻子就隱隱約約地聞到了一股清爽的香氣，恐怕是來自少女塗抹在身上的香水吧。即便是對香水一竅不通的葛倫，也聞得出來那應該是高價位的產品。看來這名少女是身價不菲——出身自上流階級的大小姐。

（既然如此，她不可能是因為飢寒交迫才倒在路上……乍看下也沒有受傷……莫非是生了重病!?）

葛倫心急如焚。事態迫在眉睫。

「嗚……魯米亞，快去叫醫生——」

就在這個時候。

「……嗚？……嗚嗚……」

或許是發現有其他人，少女輕輕動了一下身子，微微睜開眼睛。

顏色彷彿青金岩的眼眸，虛弱地注視著葛倫。

「！」

剛才因為情況緊急的關係，以至於葛倫沒有發現……不過他認得這個眼神和長相。

「妳是……羅莎莉嗎……？」

「……學、學長……？」

儘管少女意識模糊，不過她似乎也認出了是誰把她摟在懷裡。她的臉上漸漸流露出又驚又喜的表情。

「……學、學……長……好、好久不見……了……我、我一直……很想……見你……」

「笨蛋！不要講話！也不要亂動！放心吧！我馬上幫妳叫醫生過來！」

「不……不用找……醫生了……反正……看醫生……也沒有用……」

少女——羅莎莉虛弱地喃喃說道。

反正看醫生也沒用？她已經病入膏肓了嗎？

「可惡……！」

葛倫懊惱地咬牙切齒。

「不、不管那個了……學長……我有事情……要拜託你……」

「要拜託我什麼!?妳儘管說吧！」

說不定這是羅莎莉……他親愛學妹的遺願。葛倫立刻答應。

「學……長……拜託……你……」

「……啊啊。」

葛倫持正色聆聽。

「……拜託、你……務必……請我……吃……飯……」

「…………什麼？」

羅莎莉以微弱的音量提出奇妙的要求後，葛倫不禁兩眼發直……

咕嚕嚕嚕嚕嚕～～嚕～～

這時，羅莎莉的肚子發出了響亮的空腹聲。

於是……在某間專賣義大利麵的餐廳。

「滋嚕嚕嚕！嚼嚼嚼！」

「原來如此……遺跡調查隊在菲傑德東部的米雷勒遺跡進行調查時，遭盜賊團攻擊，挖掘出來的古代遺物都被搶走了……嗎？」

葛倫享用著飯後的咖啡，認真地看報紙。

「被奪走的主要物品是……梅嘉利斯古錢啊……呿，這個盜賊團也太專業了吧……」

「啪咕！啊姆啊姆啊姆！咂咂咂！嘶！」

「所幸無人死傷……唉……這個世界愈來愈亂了啊……」

「嘶！滋嚕滋嚕！咂咂咂！喀滋喀滋！咕嘟，噗哈……！啊，那位服務生！麻煩再給我一份同樣的餐點！」

「慢著——」

太陽穴爆出青筋的葛倫整齊地摺好報紙，放在桌子的一角後——

「碰！」他用力搥了桌子一拳，聲音響徹了整間餐廳。

「咿!?」

嘴巴旁邊沾滿了番茄醬汁、弄得髒兮兮的羅莎莉，瞬間窩囊地把身體縮成一團。

「羅莎莉，妳到底要吃幾盤才滿足啊!?一直吃個不停，別人的錢就不是錢嗎！」

葛倫憤慨地瞪著羅莎莉面前那座由空盤子堆疊而成的巨塔。

「追根究柢，妳會昏倒在路上，單純也只是因為餓壞了的關係吧!?我還以為出了什麼事咧！」

「可、可是……學長……我整整一星期除了鹽巴什麼也沒吃耶……？會餓成這樣也不能怪我呀……嗚嗚。」

看到羅莎莉淚眼汪汪，說著喪氣話的模樣，葛倫也只能按著頭嘆氣。

「唉，妳這傢伙實在是……」

「老師，請問她是誰呢……？」

和不顧形象、狼吞虎嚥的羅莎莉相反，優雅地用叉子品嚐義大利麵的魯米亞，突然停下動作，朝葛倫問道。

「啊啊，都忘記要跟妳介紹了。這傢伙叫羅莎莉。怎麼說呢……她是我在魔術學院讀書時的學妹。」

「我是羅莎莉・狄德多，狄德多子爵家的次女。以後請多多指教。」

羅莎莉一改原先粗魯的舉止，突然拿出貴族大小姐般的高雅態度向魯米亞行禮，面露端正的笑容。

……只不過她嘴巴旁邊沾滿了黏膩的醬汁，所以她的形象並沒有因此提升。

「她叫魯米亞，目前就讀魔術學院，是我的學生。」

「啊，我是魯米亞……魯米亞・汀謝爾。羅莎莉小姐，以後請多多指教。」

雖然魯米亞身上的便服——休閒風格的馬甲洋裝搭配圍巾——論質感遠不如羅莎莉的服裝，可是她那優雅大方的態度和舉止，以及完美無缺的餐桌禮儀，使她散發出比羅莎莉更為高雅的氣質。

「咦？魔術學院？學生？這麼說來……學長你該不會跑去當魔術學院的講師了吧!?」

「啊……這個嘛……算是順水推舟吧？」

「好、好好喔，可以找到那種人生勝利組的工作……太教人羨慕了……」

「我做什麼工作不重要啦。」

葛倫甩甩手，繼續說道：

「重點是為什麼妳會在那種地方昏倒？妳不是貴族……上流階級嗎？餓肚子跟倒在街頭，那種事情應該最不可能發生在妳這種人身上吧？」

「這個問題問得好，學長！」

羅莎莉像是終於等到葛倫提出這個問題般站了起來。

「說來傷心，身上流著尊貴高等血統的本小姐，在淪落到今天這般不幸的下場以前，日子過得何等悲慘……假如由吟遊詩人來吟唱我的故事，肯定會是令所有聽眾潸然淚下，彷彿在詛咒殘酷之神的戲曲——啊啊，主啊、主啊，為什麼您要拋棄我——」

「廢話少說，快點進入重點！」

葛倫抓起擦手巾，一把砸在以誇大的肢體動作哭天搶地的羅莎莉臉上。

後來，羅莎莉花了約莫一小時的時間，交代了她的際遇——

「——簡單地說，吊車尾的妳奇蹟似地從魔術學院畢業後，因為能力太差，未能如願在目標的魔導偵探事務所找到工作，只得意志消沉地返回老家。之後，對妳深感失望的父母強迫妳答應政治結婚，而妳拒絕接受安排，以簡直可說是和家裡斷絕親子關係的形式，選擇離家出走。離家後，妳不知天高地厚自行創立了魔導偵探事務所。想當然，妳並沒有賺到錢，不久後花光了所有的生活費，然後就在剛才，妳終於體力不支倒在路邊——是這樣嗎？」

「沒錯……面對難以對抗的時代潮流，我只能任其擺佈……命運就是這麼一回事吧？會冷不防讓人碰上殘酷的試煉……」

羅莎莉拿出手帕擦拭眼眶。

「等一下，既然妳過得那麼窮困潦倒，又怎麼會穿那麼豪華的衣服？」

葛倫從頭到腳打量了羅莎莉身上那套看似高價的服裝。

「妳的行頭看起來非常高級。想必砸了不少大錢吧？」

「哼哼，那當然了。因為我是貴族啊！不管再怎麼痛苦，我都要讓自己保持清高、美麗而且尊貴的姿態！哪怕犧牲吃飯的費用也在所不惜！」

「妳根本是自作自受嘛！」

「咿!?」

葛倫敲桌的巨大聲響，嚇得羅莎莉身體縮成一團。

「再說，從魔術學院畢業卻找不到工作，像妳這樣的例子真的很少見耶!?我從學生時代就覺得，妳根本不適合走魔術這條路！別幹什麼魔導偵探了，回老家去吧！快點找個人嫁了！」

「不、不是這樣的！單純是這個時代的水準還不夠高，沒辦法給予高貴、站在高點的我一個公正的評價而已！」

羅麗莎用淚汪汪的眼睛拚命回瞪葛倫。

「才華洋溢的本小姐，為了把自身的卓越能力用在回饋社會上，所以才辛苦創立了魔導偵探事務所，可是這個城裡的人卻鐵了心，完全對我視若無睹……這個世上盡是一些沒辦法拉下臉接納比自己高貴又優秀的人的笨蛋！」

「笨的人是妳。」

「就算好不容易有案子上門，也都是要我幫忙尋找走失寵物這種微不足道的工作……而且看到小孩子捧著小豬撲滿，向我苦苦哀求說『拜託幫我找波奇，大姊姊』……我怎麼有辦法狠得下心拒絕啊啊啊啊！而且也會不好意思收取費用不是嗎——！嗚哇啊啊啊啊啊啊啊啊啊啊啊啊！」

「唉，妳這傢伙真的是……」

葛倫不知所措地望著嚎啕大哭的羅莎莉。

「……不過。」

痛哭了一會兒後，羅莎莉突然復活，向葛倫面露堅定的微笑。

「你聽我說，學長！這次我終於接到報酬可觀的大案子了！那可是很有可能會左右菲傑德未來的大事件喔！」

「噢？恭喜啊。」（冷淡）

「是的！其實在剛才被學長救起來以前，我就是在執行這件案子！如果完成委託，我就能收到豐厚的報酬了！這張成績單將為我的卓越實力打響名聲，同時我將邁出身為魔導偵探的光輝榮耀的第一步！」

「噢噢，好熱血沸騰喔！加油喔，羅莎莉。」（隨口敷衍）

「是的！包在我身上吧！」

羅莎莉露出自信滿滿的模樣拍胸脯保證後，話鋒一轉……

「所以，我有件事想跟學長商量。」

「嗯？」

「請幫幫我。」

羅莎莉面露春風般的微笑，葛倫整個人像石頭一樣硬住了。

「啊哈哈……不瞞你說，面對這件棘手的案子，即使本小姐這個超絕魔術師使出渾身解數，恐怕還是只能拱☆手☆投☆降……快要丟下這個懸而未決的爛攤子了……」

「…………」

「該怎麼說呢……總之，學長你就乾脆一點鼎力相助吧。對身分高貴的階級表示效忠，不就是一般庶民的義務嗎？呵，我就賜予學長做為本尊爵不凡的本小姐左右手，為我犧牲奉獻一切的權利與榮耀吧。」（充滿自信）

羅莎莉的笑容不帶任何傲慢與偏見，充滿了百分之百的善意……

葛倫面無表情，沉默不語好一陣子後……

「好了，魯米亞。我們回家吧。」

「嗚、嗚哇啊啊啊——!?先、先別急著走啊，學長——！」

眼看葛倫準備帶魯米亞一起離開，羅莎莉抱緊了葛倫的大腿，被他一路拖行。

「求、求求你了！請不要對我見死不救！學長——！」

「少囉嗦！妳不是既高貴又無比優秀的大魔術師嗎!?自己想辦法解決！」

「怎、怎麼這樣！像我這種一無是處又糊裡糊塗，不配當魔術師，在社會最底層蠕動的邊緣人怎麼可能辦得到！拜託學長把力量借給我吧！就像以前一樣——！」

「唉～～」

看到學妹顧不得羞恥、形象和自尊心，牢牢抱著自己大腿哇哇大哭的模樣，葛倫不禁嘆了口氣。

「真是的，感覺還挺懷念的……」

「老師是說學生時代的事情嗎？」

葛倫點點頭，回答魯米亞的疑問。

「這傢伙明明自視甚高，自尊心也很強，做為魔術師卻是個廢柴吊車尾。雖然她很努力啦……」

「是……這樣子啊？」

「學生時代，這個傢伙動不動就跑來跟我哭訴，而我還挺照顧她的。因為雖然她表面上是個態度傲慢又讓人看了不爽的傢伙，可是我知道她私底下其實很拚命……」

葛倫搔搔臉頰，接著說：「我實在無法對她棄之不顧哪……」

「那……老師你這次打算怎麼做呢？」

「這個嘛……」

魯米亞提出疑問後，葛倫用手扶著下顎沉思片刻。

「羅莎莉……話說回來，妳為什麼會想當魔導偵探？」

葛倫詢問賴在他腳邊的羅莎莉。

「先不提魔導偵探，我從學生時代就覺得很好奇了……為什麼妳對魔術……對魔術師的身分那麼執著？」

「這、這是因為……」

「妳非常缺乏把瑪那轉換為魔力的敏感度……妳應該很清楚自己不適合往魔術這方面發展吧？」

極端貧弱的魔力容量。這正是羅莎莉會如此不成氣候的最大原因。就算學會再強的咒文，沒有魔力的話，也無英雄用武之地，這是很單純的道理。

缺乏魔力操作敏感度的葛倫，還可以在咒文和術式下功夫，藉此彌補一定程度的缺陷，相較之下，羅莎莉的問題更為根深蒂固。

「如果不要執著當魔導偵探的話……妳應該還是能找到其他工作吧？而且妳還會那個特技。可是妳卻不惜離家出走也要當魔導偵探，為什麼那麼固執……？」

「這、這是因為……」

羅莎莉擦乾眼淚後，猶豫不決似地視線四處飄移，一會兒後終於開口：

「學長……那個……你可以保證聽了不會笑出來嗎……？」

「這就要看內容是什麼了。」

「我……非常喜歡萊茲・尼西所創作的『魔導偵探夏爾・洛克的事件簿』系列……一直以來都很崇拜主角魔導偵探夏爾……」

「！」

葛倫微微睜大了眼睛。

「我希望將來也能成為跟夏爾・洛克一樣的魔導偵探……所以不顧父母反對，硬是要到魔術學院就讀……後來就……」

「…………」

「學長你知道嗎？夏爾可是很厲害的喔？雖然夏爾傲慢、目中無人，有時候甚至會搶走別人的功勞占為己有，個性一點都不討喜，可是他不僅劍術高超，本質上還是個忠於女王陛下與帝國的完美貴族兼魔術師。比起探究世界的真理，他更喜歡把卓越的魔術用在解決身邊所發生的不可思議事件之謎上，是個把解謎看得比三餐重要的怪人——又自由奔放——真的很帥呢。」

後來——

羅莎莉繼續就虛構的魔導偵探話題高談闊論。葛倫沒怎麼關心羅莎莉說了什麼，反而一直觀察她在談論夏爾時的表情。

……然後——

「啊……」

注意到葛倫的視線後，羅莎莉猛然回過神。

「啊、哈哈哈……就為了這種幼稚、無聊的理由……是行不通的對吧……抱歉……」

羅莎莉垂下肩膀，沮喪地蹲在地上。

（……唉……崇拜故事裡的『魔導偵探』……嗎？）

葛倫在心中默默咒罵。她跟某位因為崇拜故事裡的『正義魔法使』而當上魔導士的人，簡直如出一轍。

「啊～不好意思，魯米亞……」

葛倫一邊抓頭一邊向魯米亞道歉。

「我本來想送妳回到家門口的，可是……」

魯米亞聞言盈盈一笑。

「沒關係啦，老師。我懂。你去幫忙羅莎莉小姐吧。」

她開朗地如此回答道。

「……咦!?」

聽了兩人的對話，羅莎莉大吃一驚似地抬起臉。

「學、學長……你的意思是……？」

「醜話先說在前，下不為例喔？好了，快點告訴我妳到底接了什麼案子吧……啊啊，好煩喔。」

葛倫不耐煩地丟下這句話後，瞬間……

「謝、謝謝你，學長！」

羅莎莉站起來握住葛倫的手，笑得非常開心。

「有學長幫忙，就好比獲得一百個生力軍呢！就靠你了，學長！」

「唉，不要拍我馬屁了。」

「我說的是真的！學生時代也是如此，要不是學長幫我做很多特訓的話，我根本沒辦法畢業！多虧學長，才有今天的我！」

「妳也不需要講得那麼誇張吧……」

不過，能像這樣獲得別人的尊重和信賴，感覺倒也不差。

真拿她這傢伙沒轍。當葛倫回憶起往事，面露苦笑時……

「瞭解！那麼，從現在起，學長就是本魔導偵探羅莎莉・迪特多的助手了！」

羅莎莉臉不紅氣不喘地如此宣布。

「…………」

「所以呢……」

羅莎莉往附近的椅子坐下，拿起桌上的茶壺斟滿一杯紅茶，優雅地喝了起來。

「現在就先麻煩葛倫你上街去蒐集情報吧。我留在這裡一邊享受下午茶，一邊針對事件進行推理。」

羅莎莉瀟灑地蹺起腳的坐姿，背部深深地靠在椅背上，不只貴族的架子顯露無遺，表情也相當自以為是。

「呵呵……『解謎要在下午茶後』。」（閃亮☆）

「……我還是回去好了。」

「嗚、嗚哇啊啊啊啊啊啊!?對、對不起啦，學長——！我只是想模仿一下夏爾的台詞而已呀啊啊啊啊！請原諒我吧！請你大人有大量——！」

葛倫試圖快步離去，羅莎莉緊抱住他的大腿，被他一路拖行。

「不、不會有問題吧……？」

魯米亞也只能苦笑著祝福這對匆促成軍的怪異搭檔了。

於是——

「唉……什麼或許能左右菲傑德未來的大事件嘛，根本鬼扯。」

離開餐廳和魯米亞分別後，葛倫帶著羅莎莉，在菲傑德的大街上信步而行。

「到頭來，還不是在幫人家找走失的寵物而已。」

「嗚……要、要這麼說也沒錯啦。」

羅莎莉尷尬地辯解道：

「可、可是！這次的報酬很驚人喔!?這名委託人可是非常富裕、身分高貴的富翁呢！對方當初二話不說就先付了五十里爾的訂金給我唷！」

「什麼!?五十里爾!?」

五十里爾——五十枚里爾金幣——魔術講師在一般人眼中是高薪階級，而這個數字相當於魔術講師三個月份的薪水。

「嗚，連我都想當魔導偵探了……也就是說——先不管這個……既然妳拿到了五十里爾的訂金，為什麼還會餓昏在路上……？」

「這個問題嘛，請學長看一下這個！」

羅莎莉得意地向葛倫展示她手持的手杖。

「只要打開這把手杖的這個部分……你看，裡面有一把細劍！」

「噢？」

握柄和手杖分離後，前端露出了一截細劍。

暗銀色的劍身上有著木紋般的特色花樣，劍身所散發出的光輝吸引了葛倫的注意。

「……這把武器來頭不小啊。」

「沒錯，這是用烏茲鋼打造而成的高級品！最近很多達官顯要都流行拿這種劍杖。夏爾同樣愛不釋手，這可以說是非常符合身分高貴的我的道具！一把就要五十里爾——」

「妳是白痴嗎!?」

「好痛好痛好痛——!?」

葛倫用力掐住羅莎莉兩邊的太陽穴，痛得羅莎莉用快哭出來的聲音哇哇大叫。

「話說回來，妳要找的那個走失寵物，是名為里德爾拉克查理的魔獸之幼體對吧？」

經過一番嚴厲處罰後，葛倫向羅莎莉確認道。

「居然懸賞這種珍禽異獸……不愧是不假思索就把五十里爾付給妳這種笨蛋的有錢人。」

「那、那個魔獸有那麼罕見嗎……？」

承接了委託的接案者——羅莎莉嘟囔著這種狀況外的發言。

「啥？妳沒搞錯吧？里德爾拉克查理耶？魔獸里德爾拉克查理沒有人不知道吧？」

「我、我當然知道了呀，魔導偵探不只推理能力一流，知識同樣也很豐富的！」

羅莎莉不知何故回答得頗為心虛。

「我、我單純只是對『罕見』這個說法覺得有些奇怪而已！你想想，我可是貴族耶!?那種程度的魔獸寵物對我們這些高貴的貴族來說，早就是見怪不怪的東西了！」

「……或許吧。對貴族而言大概沒什麼好稀奇的。」

葛倫沒有特別質疑羅莎莉的說法，就此結束話題。

葛倫也沒發現羅莎莉鬆了一口氣。

「總而言之，我們這就開始搜尋那隻魔獸寵物吧，不過呢……」

葛倫向羅莎莉說明：

「魔導偵探和一般偵探的決定性差異……魔導偵探之所以能成為獨樹一格的存在……說穿了，在於運用魔術蒐集情報的強大情報能力。當然了，就跟一般的偵探一樣，人脈、獨自的情報網、各界的管道、對傳聞的掌握、同業間的橫向聯繫、對地下社會的掌握、遍及各領域的大量專業知識……這些東西對魔導偵探來說同樣很重要，不過既然要掛名魔導偵探，當務之急還是得提升運用魔術蒐集情報的能力。」

接著，葛倫注視羅莎莉的臉。

「羅莎莉。與其給肚子餓的人東西吃，不如教他怎麼釣魚，這才是真正的親切。所以說，我打算傳授妳最基本的情報蒐集術。」

「咦!?學長，你懂情報蒐集嗎!?」

「還好啦，以前學過一點。」

葛倫過去隸屬帝國宮廷魔導士團的特務分室，當時曾有參與諜報活動的經驗。

「太可靠了！不愧是學長！我的救星！就算在學院可以學到魔術，也學不到這種專門技術呢！」

羅莎莉對葛倫過去的經歷一無所知，天真無邪地向他投以尊敬的眼神。

「好吧，羅莎莉妳擅長的探查・調查系魔術是什麼？我想以那個為主軸，幫妳設計一套調查方式。」

「這個嘛……我最擅長的是……」

羅莎莉抬頭望著天空長考了好一段時間……

「我最擅長的是劍術！」

接著她露出陽光般的燦爛微笑，自信滿滿地挺胸回答道。

「「…………」」

不意外地，兩人之間瀰漫著一股凝重的沉默……

「奇怪了～？難道我耳背了嗎～？明明我問的是擅長的魔術吧？羅莎莉小姐～」

「嗚、咕……好、好難受……！棄權棄權！是、是我錯了，學長～～！」

葛倫伸出手臂繞住羅莎莉的頸子，作勢把她勒昏。羅莎莉則淚眼婆娑地拍打葛倫勾住她脖子的手。

「望遠的魔術呢？聽遠的魔術呢？和使魔的感覺同步呢？讀取殘留思念的能力呢？暗示魔術呢？讀心魔術呢？念寫魔術呢？暗號解讀魔術呢？異種族間的言語翻譯魔術呢？」

「……學長……那些魔術的魔力消耗都跟固有魔術同級……你覺得我有能力用嗎……？」

面對葛倫那機關槍掃射般的質問，羅莎莉不禁流了滿頭大汗，回答得支支吾吾。

「這些明明都是初級的泛用魔術耶？而且魔術式的魔力消費率一直有在持續改良，現在幾乎根本不需要消費到什麼魔力了好嗎？」

「嗚……」

兩人之間瀰漫著一股尷尬的沉默……然後——

「羅莎莉。」

「什麼事？學長。」

「我看妳別幹什麼魔導偵探了。回老家去吧。」

「嗚、嗚哇啊啊啊啊啊啊啊啊！太過分了，學長——!?」

葛倫終於下達最後通牒，羅莎莉忍不住嚎啕大哭。

「因為魔導偵探必備的魔術，妳一個也不會用啊!?即便妳懷有夢想與憧憬，卻連個一招半式也不會，這樣妳還敢妄想當什麼魔導偵探!?」

「我、我一直都有在學習！只是還不會使用而已！」

「意思還不是一樣？笨蛋！」

葛倫傷透腦筋。羅莎莉的魔力容量貧弱到超乎他的想像。他沒想到居然會貧弱到這種程度。這樣還有辦法從魔術學院畢業，也算是厲害了。

「喂，羅莎莉。妳真的什麼也不會嗎？之前妳不是有接小孩子的委託，尋找過寵物嗎？」

聞言，羅莎莉靈光一閃般表情突然亮了起來。

「啊！經你這麼一說，我想到了！唯一一個我能正常使用的魔術！探測術！靈擺探測術！」

羅莎莉從懷裡掏出靈擺垂掛在手指上，得意地挺起了胸膛。

「我靠這招實際找到了好幾隻寵物喔！」

靈擺探測術。靈擺是一種把上頭刻有盧恩符文的寶石和鍊子繫在一起的魔道具，術者可以透過靈擺的擺動幅度，找出想要尋找的東西下落──雖然是有這門魔術，問題是……

「只要準備好恰當的魔道具，就算是對魔術一竅不通的門外漢，照樣也可以使用靈擺探測術啊……」

畢竟那是完全不需要消耗魔力的魔術。與其說是魔術，要將它歸類為高精度的占卜也未嘗不可。

（不過……那個靈擺看起來……是羅莎莉自己製作的嗎？）

葛倫仔細打量羅莎莉自鳴得意似地掛在手指上展示的靈擺。

（原來如此……以魔道具而言，製作得相當精細……她在製作魔道具這方面確實有一套。）

基本上，奮發向上的羅莎莉在跟魔力無關的學科方面都表現得非常優秀……問題是，魔術師必須深入瞭解的領域，全都跟魔力有關。

「算了，跟我來吧，羅莎莉。」

葛倫揉著隱隱作痛的腦袋，帶著羅莎莉離開現場。

然後──

「羅莎莉。靈擺探測術屬於最為基礎的探測魔術，所以往往受人輕忽，可是這一招其實也不是毫無價值。如果是專精的魔術師，有時候甚至可以利用這個絕活找到礦脈或水源。」

葛倫邊走邊針對羅莎莉唯一會用的魔術・靈擺探測術向她進行說明。

「事實上，世上也有只靠靈擺探測術一招風靡一時的超一流魔導偵探。就如以前我跟妳耳提面命強調過的，魔術不是看妳手上的卡牌數量多、強度大就一定贏，而是看妳怎麼運用手上的資源出牌。」

「我、我懂……可是，學長……」

羅莎莉一臉喪氣地回答葛倫：

「這次尋找寵物的委託，靠我的靈擺探測真的一點辦法也沒有……我試了好幾次，結果都失敗了……」

「那是因為妳使用的方式錯了。」

葛倫斬釘截鐵地說道。

「靈擺偵測的精準度和成功率，是依據術者事前蒐集了多少關於搜索對象的情報而浮動的。」

「我、我想也是呢！」

「大腦吸收了搜索對象的各種情報後，便會無意識地在深層意識野當中進行統合整理，接著根據魔術的邏輯，在腦內推算出可能的地點，進而反映在懸掛於手指頭上的靈擺擺動幅度上，這就是靈擺探測這門可能性演算魔術的本質。雖然一般人也能使用，不過這門魔術非常深奧，過去甚至有魔術師成了專精的達人。」

「呵、呵呵，這是基本知識嘛！」

「但靈擺偵測終究是低程度的魔術。除非透過事前的情報蒐集縮小搜查範圍，否則很難真正發揮力量。妳會屢屢失敗，原因就出在情報蒐集不足。」

「我想也是，其實我老早就知道原因了……呼，『我只是在測試你罷了』！」

「我想回家了……」

看到羅莎莉一臉自以為是的模樣，葛倫的太陽穴不禁頻頻抽搐……她應該是在模仿她的偶像——魔導偵探夏爾的言行舉止吧。

「話說回來，這次的案子，妳事前蒐集了多少關於那個搜索對象的情報？」

「呼，我當然是一接到案子馬上就展開正式搜索啊！幹嘛還蒐集情報，那麼麻煩——」

「去死！」

葛倫把今天買的書疊成書磚，狠狠地敲了羅莎莉的腦袋。

「好、好痛喔～～！」

羅莎莉摀著腦袋，眼淚忍不住快掉下來。

「這樣會成功才有鬼！比外行人還不如！」

「可、可是～～以前小孩子委託我尋找寵物的時候，同樣的方式明明都有成功嘛～～」

「那只是湊巧矇到！」

我真的要指導這種傢伙嗎……葛倫又開始頭痛了起來。

「總之，我們先在這一帶打聽。里德爾拉克查理是罕見的魔獸，不怕找不到目擊者。」

「要是找不到目擊者的話呢？」

「妳好笨……得出『搜索對象不在這一帶』的結論，對靈擺探測來說也是非常重要的情報吧……」

「啊，我懂了！真不愧是學長！」

葛倫和羅莎莉就這樣一路打聽，最後來到了一條龍蛇混雜的繁華街。

路邊開滿了一間又一間的酒場和賭場等遊樂設施。明明現在是大白天，卻看到有醉漢醉倒在路邊，還有身著性感服裝的女性在挑逗男性路人。

「怎、怎麼會這麼下流……像我這種血統純正的貴族，一點都不適合來這種地方……哼，我待不下去了！我要回——當、當我沒說！」

被葛倫一瞪，羅莎莉連聲音都變尖，忍不住渾身發抖。

「總之，我們先在這裡蒐集跟里德爾拉克查理有關的情報。」

「可、可是……這裡的人……怎麼看都不像會願意提供線索啊……？」

羅莎莉躲在葛倫背後，怯生生地環視四周。

羅莎莉的質疑有其道理，路上來往的行人全都用帶有敵意的視線仔細觀察著葛倫兩人。

這兩個傢伙為什麼會出現在這裡？這裡可是我們的地盤。

跑錯棚的混蛋外地人……寫在他們臉上的，盡是諸如此類的感情。

「那也是當然的啊。這一帶屬於勞動階級……勞力工作者尋歡作樂的地方。對他們來說，我們本來就是外人。」

阿爾扎諾帝國是階級社會。

當然，適用於所有階級的法律講究平等，每個人受到法律保障的權利與義務也都一樣。基本上也不允許特定的階級擁有特權，或者在社會上享受特殊待遇。

可是，人民因職業和出身分為上流階級、中產階級、勞動階級三大階級。這並非經過法律定義的階級，比較像是在社會心態中自然而然地產生出來的『區別』。

不要抱著不公平、不平等的想法，認清自己的身分，各過各的生活，井水不犯河水。不需要羨慕階級比自己高的人，也不需要歧視階級比自己低的人，時時提醒自己無論在日常生活或言行舉止上，都要符合自身的階級。上面的階級努力避免家道中落，下面的階級如果想往上爬，同樣也只能努力。這就是這個國家的傳統習俗。

「在、在這種地方真的能打聽到消息嗎!?我、我可不是因為害怕才質疑的！」

「哎，妳看我怎麼做吧。」

葛倫把嚇得半死的羅莎莉晾在一旁，走向路邊一名手拿白蘭地的酒瓶往嘴裡灌、看似是體力勞動者的中年男子。

「唷，大叔！有發大財嗎？」

葛倫充滿朝氣地向男子攀談。

「……呿，小夥子滾一邊去。」

不過男子只是瞥了葛倫一眼，嗤之以鼻地悶哼了一聲。

「哈哈，不要那麼冷淡嘛，大哥！工作很累對吧？幸好有你們，社會才能維持正常運作……賞我個面子，讓我請你喝個一杯當作慰勞如何？拜託啦。」

葛倫從口袋掏出幾枚銅板，塞到中年男子的掌心上。

「哼……年紀輕輕，居然也知道我們這一帶的規矩……像你這樣的年輕人現在很少見了。」

「嘿嘿，我還在鑽研啦。順便作為社會學習，我有問題想要請教大哥……」

葛倫一副逢迎諂媚的樣子。

經過十幾分鐘後。

一開始還有些放不開的葛倫和中年男子愈聊愈起勁……葛倫憑著口才，從中年男子口中頻頻套出情報。最後……

「嘎哈哈哈！你這小子還真是有意思！我通常都和朋友在第三大街愛麗絲街的廉價酒吧『吹牛傑克』喝酒，改天有空你也來玩吧！下次再講些有趣的事情來聽聽！」

「啊啊，謝啦！我會考慮的！」

兩人培養出了互拍肩膀道別的友情，葛倫帶著一副依依不捨的表情折了回來。

「差不多就像這樣吧。」

「哇……太厲害了……」

羅莎莉目瞪口呆，向葛倫投以尊敬的目光。

「就我打聽到的，這一帶似乎沒有人目擊到里德爾拉克查理。消息來源是那個大叔參加的勞動協會的八卦資訊網，應該還滿可靠的。不過第二大街的安爾東橋附近好像有魔獸寵物同好俱樂部。去那裡或許能調查到什麼蛛絲馬跡……他知道的差不多就這麼多了吧。」

葛倫也沒想到自己能拿出這麼豐碩的成果，顯得很得意。

「只要腳踏實地蒐集跟搜索對象有關的情報，就能讓靈擺偵測的精準度獲得爆發性提升。」

「原來如此……砸錢換取情報……我懂了！我也要試試看！」

「啊，等一下！」

羅莎莉不顧葛倫的制止，一個箭步衝了出去。

「那邊那位先生，請留步！」

羅莎莉找上了一個在路上走，明顯是體力勞動者的大叔。

「叫我做什麼？小妹妹……？」

「哼哼哼！身分高貴的本大小姐，可以賞你這個庶民喝杯酒，所以——」

羅莎莉目中無人地如此宣言後，打開錢包查看……

空空如也……

「學長——！貧窮好痛苦！貧窮好痛苦喔喔喔喔喔——！嗚哇啊——！」

「不要動不動就跑來跟我哭訴啦!?」

哭哭啼啼地纏著葛倫不放的羅莎莉，被下流階級的體力勞動者以彷彿在看著乞丐的眼神回敬。

於是——

羅莎莉向葛倫借錢後，展開第二回戰。

鏘。

「哼。想撿就撿吧。」

羅莎莉向占據了街角的體力勞動者們的腳邊拋下銅板，露出猖狂的表情如此說道。

「這是身分高貴的本小姐賞給你們這些下等人的施捨！同時我也賜予你們向我報告情報的權利！你們應該感到光榮！」

結果不出所料……周遭的體力勞動者們紛紛露出了怒不可遏的模樣。

「妳是白痴嗎————!?」

磅!

急急忙忙衝上前來的葛倫拿起書本重擊羅莎莉的後腦勺。

「妳到底是受了什麼教育，才會那麼習慣用那種狗眼看人低的態度對待別人!?況且對方跟妳還是第一次見面！就算生來就是貴族，也不可能這麼誇張吧!?」

「可是，夏爾他說起話來就是像這樣啊？他擁有能允許這樣說話的貴族氛圍——」

「別 把 故 事 和 現 實 混 為 一 談 ！」

葛倫用雙手牢牢抓住羅莎莉的頭猛烈搖晃。

這時，理所當然地……

「喂，這位老兄……還有小妞……你們做好心理準備了吧……？」

「混蛋，我們被瞧得還真扁啊……所以我才會對階級比我們高的人那麼不爽……明明我們很認分地在過日子啊……？」

「入侵我們地盤的罪……踐踏我們規矩的罪……你們就用身體來接受處罰吧……？」

火冒三丈的體力勞動者們啪嘰啪嘰作響地按著拳頭的指關節，慢慢地包圍住葛倫和羅莎莉。

「嗯，這也不能怪他們。畢竟是我們有錯在先。」

葛倫手忙腳亂地用公主抱的姿勢抱起羅莎莉後……

「撤、撤退————！」

「呀啊啊啊!?」

她立刻夾起尾巴落荒而逃。

「學長——!?搖得我頭好暈！感覺快吐了————！」

「吵死了！妳給我稍微搞懂一下這個社會的結構和嚴酷之處！」

逃離威脅的兩人，好不容易保住了性命。

後來。

葛倫和羅莎莉仍持續打聽魔獸寵物的下落，然而……

「媽的！妳是刻意來找碴的嗎!?」

「咿!?」

「啊，抱歉。這女孩腦袋有點不太正常，請你原諒她吧。」

羅莎莉總是會自然而然地流露出高高在上的態度，導致她根本蒐集不到情報。

追根究柢，羅莎莉從學生時代開始就是這樣，除了魔術以外，對世俗的事物一無所知。會有今天的局面，一點也不意外。

「唉……真是夠了……」

結果，調查工作幾乎全落在葛倫一個人肩上。

與此同時——

「喂……他們的行動進展得還順利嗎？」

「勉勉強強……一開始發現那個笨女人一點也派不上用場，根本沒傳聞中形容的那麼厲害，害，害我緊張得要命……」

「什麼找寵物的職業高手啊……」

「不過……好險有那個男的在，感覺應該還有希望……」

「嘿嘿嘿……」

葛倫和羅莎莉完全沒發現，有個謎之集團正偷偷摸摸地在後頭跟蹤他們。

時間一分一秒過去……很快地來到了傍晚。

「搞什麼……到頭來幾乎是我一個人在忙嘛。」

「嗚嗚……真不好意思……」

葛倫判斷關於里德爾拉克查理下落的情報已經蒐集到差不多後，拿出靈擺進行偵測，在靈擺的引導下走在街上。

「我好好的假日都被白白浪費掉了，混蛋。」

「嗚嗚……真的很抱歉。」

羅莎莉垂頭喪氣，無精打采地跟在葛倫身後。

不久。

「唔……就是那裡。」

隨著垂掛在手指上的靈擺指引，葛倫他們找到了一間又小又破舊的屋子。

「單從這個反應來看，那個寵物魔獸很頻繁地進出這間屋子。」

這間屋子不但屋頂傾斜，牆壁也爬滿了裂痕、千瘡百孔，外貌破舊不堪。

「那房子是怎麼回事？未免太破爛了吧……跟狗屋沒兩樣。怎麼看都不像是正常人會住的地方。我說得沒錯吧？羅莎莉。」

房子的狀況真的過於慘不忍睹，再加上整個假日被糟蹋的怒火，葛倫忍不住做出尖酸刻薄的批評。

然而——

「……這裡是我的偵探事務所。」

羅莎莉低聲承認後，一股無比尷尬的沉默立刻沉重地壓在他們兩人頭上。

「……嗚嗚……咿嗚……學長說得對……這種環境……正常人根本……住不下去……嗚嗚……」

羅莎莉邊顫抖邊啜泣，她的哽咽哭聲融入了夕陽。

「這、這看起來是個很舒適的居住環境耶，羅莎莉！那個屋頂傾斜的設計風格相當前衛呢！隙縫這麼多，夏天一定很涼爽吧！冬天的時候就……呃……也可以從隙縫欣賞到美麗的雪景對不對!?」

「學長的安慰根本毫無效果！」

羅莎莉放聲哇哇大哭。

這時——

「啾……」

一隻小狐狸一聲不響地從破屋子的縫隙探出頭來。

只見那隻小狐狸踱步到羅莎莉腳邊，彷彿在表示安慰般用身體磨蹭她。

「啊……乖乖……也只剩你還願意站在我這裡了……」

「羅莎莉……牠是……？」

葛倫皺起了眉頭。

「啊，你說這隻狐狸嗎？之前我看牠受傷倒在路上，就把牠撿回來了……幫牠療傷和餵食之後，牠變得很喜歡黏著我……所以我就把牠留下來收養了。」

聽了羅莎莉的說明後，葛倫深深地嘆了口氣。

「就是牠啦，羅莎莉。」

「咦？」

「牠就是魔獸里德爾拉克查理。仔細看，牠有三條尾巴，不是什麼普通的狐狸。」

「是、是這樣子嗎……？」

葛倫無奈地搔頭。

「里德爾拉克查理是極其罕見的魔獸，不是隨隨便便就能在路上撞見的。牠確實就是委託人想要尋找的寵物……唉，找了老半天，居然是這種結果……我從來沒有覺得這麼空虛過。而且，妳果然對牠一無所知嘛……（碎碎唸）……」

羅莎莉只是一直定睛注視著不斷磨蹭自己、貌似狐狸的魔獸——里德爾拉克查理。

「是嗎……原來你是別人家的寵物啊……這樣我必須把你還給失主才行了……以後會很寂寞的……」

羅莎莉依依不捨似地撫摸小狐狸的頭。

這時，小狐狸突然轉身衝回破屋子，不一會兒又回到羅莎莉身邊。

只見牠小巧的嘴巴叼著髒兮兮的古錢，作勢要送給羅莎莉。

「啾……」

「啊，你又跑去撿這種髒東西回來了……真拿你沒辦法。」

羅莎莉輕笑著。這種情況似乎不是第一次發生了。

「這是第幾枚古錢了呀？謝謝你的心意……可是你撿這種不能吃又不能賣的東西給我也沒用呀……可是我又不忍心拿去丟……」

一看到那個古錢，葛倫的臉色逐漸發青。

「喂……不妙了，羅莎莉……」

「咦？什麼意思？學長。」

葛倫用氣急敗壞的語氣向迷迷糊糊的學妹解釋：

「名為里德爾拉克查理的狐狸魔獸擁有一種不可思議的習性……牠們會幫認定的主人蒐集主人需要的東西。是具備了類似心靈感應能力的魔獸。」

「咦？可是我不需要這種髒兮兮的古錢啊……？」

羅莎莉一頭霧水地猛眨眼。

「我有一個連推理也稱不上的假設……說不定洗腦這隻小狐狸去蒐集古錢的傢伙……十分熟悉這個古錢的價值。換句話說，那個人就是牠的前飼主，妳的委託人。」

「呃……」

「後來妳偶然成了新的飼主。妳窮到身無分文，急需金錢，所以牠就繼續照著前飼主灌輸給牠的蒐集目標，開始蒐集古錢給妳……我猜應該是這樣吧。」

「可是牠蒐集這種東西給我也沒有用呀……」

羅莎莉苦笑著說道。

「笨蛋！這古錢可是日前盜賊團搶劫的古代遺物——梅嘉利斯古錢喔!?只要能找到合適的地方收購，一枚古錢就能蓋一間豪宅了！」

「咦、咦咦咦咦咦咦咦——!?」

「靠情報吃飯的偵探，居然連這種事情也不知道嗎!?」

葛倫又是傻眼、又是焦慮地抱頭傷腦筋。

「羅莎莉……搶案才發生不久，古錢就出現在妳的事務所……怎麼看都不像是偶然！我突然產生強烈的不祥預感！妳的委託人，到底是什麼來──」

就在這時。

「既然被發現，那也沒有辦法了……」

不知不覺間──

葛倫和羅莎莉被一群看似凶神惡煞的流氓集團包圍了。

「原本我們是打算利用狐狸魔獸回收藏放在菲傑德各地的戰利品……結果花了大錢買來的魔獸卻半途失蹤……原來如此，是這麼一回事啊……」

「你、你是那個委託人先生!?」

羅莎莉一臉驚愕地看著貌似集團領袖的男子。

「什麼？你居然欺騙我!?」

「到底是誰欺騙誰還很難說喔……？算了。反正我原本就打算委託完成後，要暗中把妳除掉殺人滅口的……」

「嗚……沒有人性……！」

展開對峙的委託主與偵探——盜賊團頭目與羅莎莉。

在這一觸即發的情勢下——

「抱歉，我可以打個岔嗎？」

葛倫一臉不以為然地舉手發問：

「羅莎莉……妳說說看這群傢伙到底哪裡像高貴的有錢人了？不管左看右看！他們明明就是不折不扣的壞蛋啊!?」

葛倫抓著羅莎莉的腦袋瘋狂搖晃。

「看到這種可疑人物如此出手闊綽，應該要懷疑一下是不是有什麼隱情吧!?妳這三流偵探！」

「可、可是！我看他們跟攤販買了烤雞肉串這種高級料理吃耶!?任誰都會覺得他們是非常有錢的富翁吧!?」

「我從來不知道妳這麼可悲！」

附帶一提，烤雞肉串的行情價約一賽特（一枚銅幣）。

「唉，你們起內鬨了嗎？無所謂！兄弟，幹掉他們！凡是知道秘密的人都必須除掉！」

「「「「喔喔喔喔喔喔喔——！」」」」

包圍住葛倫和羅莎莉的流氓們立刻氣勢洶洶地發動攻擊。他們手上的匕首在夕陽餘暉的照耀下，發出了凶惡的冷光。

「嘖——我才不會任人宰割咧！」

葛倫迅速做出應變。

他擺出拳擊的架式後，踩著輕快的步伐，頻頻揮拳出擊。

「咕啊啊啊!?」

「呀啊啊啊啊啊——!?」

隨著猛烈的出拳聲，流氓們一個接一個被揍得鼻青臉腫。

「這男人是怎麼回事!?好強——咕嗄啊啊啊啊!?」

葛倫那彷彿在熱舞般的走位，以及狂風暴雨般的拳頭攻勢，令流氓們難以進犯。

然而——

「哼！看這裡！」

「嗚……!?」

定睛一瞧，盜賊團的首領從後面架住了羅莎莉的身體。

「那個男的！快點放棄抵抗，束手就擒吧！要是這女孩的可愛臉龐被毀容，你也無所謂嗎!?」

以為己方占了上風的流氓們瞬間士氣大振。

「厲、厲害！不愧是老大！」

「嘿嘿嘿……老大，男人當然是非殺不可了……不過這個偵探少女可是不可多得的上等好貨哪。就這樣平白殺掉不覺得有些可惜嗎？」

「沒錯，這女的留下來肯定還有其他用處。在那之前我們會先好好玩個過癮就是了……」

「呀哈！愈想愈興奮！」

流氓們紛紛露出滿是慾望和飢渴的表情，口無遮攔地放話。

但是——

「那個……我給你們一個良心的建議，最好打消那個念頭吧。」

葛倫的反應出奇地冰冷。

「嗄？」

「嗯，扣住人質確實是有效的手段……不過，唯有那個女的，勸你們別對她動歪腦筋。」

「呵呵，你到底在說什……」

這時——

「……不可原諒。」

羅莎莉低聲喃喃自語。

「報酬要由誰來付……？」

「什麼？」

「既然你們欺騙我……那……說好的報酬要由誰來付給我啊啊啊——!?」

剎那，有一道銀光以肉眼無法捕捉的速度，從羅莎莉的手中迸射而出——

「呀啊啊啊啊啊啊啊——!?」

臉上被砍下了×字傷痕的頭目，不禁放開羅莎莉。

做出揮擊的羅莎莉，右手握著出鞘的手杖細劍。

「沒人付錢的話，我不是做白工了嗎!?你們知道我今天一整天消費了多少卡洛里嗎!?是叫我去死的意思嗎!?像我這種垃圾般的社會不適應者就應該去死嗎!?太過分了！」

噗滋噗滋噗滋噗滋噗滋噗滋！

「咿咿咿咿咿咿咿咿咿咿咿!?好痛、痛死我了快住手————！」

羅莎莉以矯健的身手頻頻用劍迅速刺擊頭目的身體。恐怖的是，她刻意避開了所有的要

害，展現出令人嘆為觀止的劍術。

「這、這女的是怎麼一回事啊!?」

流氓們連忙拿出匕首，從四面八方同時發動攻擊，試圖以人數吃定羅莎莉，然而——只見白刃一閃，一把把的匕首高高地飛上了天空。

鏗——！

羅莎莉的細劍一眨眼就擊飛了所有流氓手中的匕首。

「「「咿!?」」」

「體會我做白工的憤怒吧——————！」

嚓嚓嚓嚓嚓！

「「「呀啊啊啊啊啊啊啊啊啊啊啊啊啊啊啊啊啊——!?」」」

面對那怒濤排壑、哀嚎遍野的地獄場面，葛倫獨自在一旁搖頭嘆氣。

「我就知道結果會是這樣……這傢伙雖然魔術爛得要命，論劍術可是非常了得的。」

學生時代的羅莎莉曾在禁用魔術的劍術大會連霸了好幾回。其優異的表現甚至獲得警邏廳的大官青睞，屢次徵詢她畢業後有無成為警備官的意願。

「羅莎莉……妳追尋的方向果然錯了啊……」

於是————戰鬥終於畫下句點。

在滿地都是昏死的流氓之中——

「呼……『快刀斬亂麻……沒有我解不開的謎題』。」

喀嚓。羅莎莉把細劍收進手杖，一本正經地靜靜說道。

「妳倒是真的斬了人啊。」

葛倫傻眼似地吐槽了八成是引用了夏爾解決事件時的固定台詞、意圖耍帥的羅莎莉。

不久，接獲報案的菲傑德警備官們趕到現場，急忙押走了盜賊團。

「哎呀，小姐妳立了一件大功呢！」

貌似現場負責人的警備官對羅莎莉的傑出表現表示激賞。

「像妳這樣年輕貌美又楚楚可憐的小姐，居然有能力獨自一人將盜賊團一網打盡！多虧了妳，被搶走的古錢也順利全部回收了！真的太感謝妳了！」

「咦？啊……是的。」

誤打誤撞地成了警備官眼中解決事情的功勞者，羅莎莉一頭霧水地猛眨眼睛。

「那些盜賊其實跟某邪惡地下組織……黑手黨連成一氣。如果他們成功脫手這批古錢，讓大筆資金流入黑手黨的話，情況就會變得非同小可了！」

「那些黑手黨企圖滲透進菲傑德，幸好有妳，才能在最後一刻壞了他們的好事！」

「謝謝，真的太感謝妳了！」

這時候，葛倫若有所思。

（結果就像羅莎莉所說的，這真的是一起左右菲傑德命運的重大事件哪……雖然只是巧合啦。）

沒多久。

沉浸在警備官們的讚美聲中的羅莎莉，終於露出自鳴得意的表情開口說：

「哼，一切完全符合我的推理。」

「咦!?難、難道說——」

「沒錯。打從開始我就看破一切了……」

羅莎莉說得臉不紅氣不喘。

「當我收留的這隻小魔獸將古錢帶回來給我的時候，我便已經從最近的時事和傳聞，瞬間推理出隱藏在牠背後、不可原諒的邪惡計畫。」

「妳、妳說什麼!?」

「為了逼出那個盜賊團，我決定把這隻小魔獸偷偷藏匿起來……當然了，我很清楚這種舉動會讓我自己遭遇危險。如果我跑去跟你們警備官報案，這些盜賊肯定會聽到風聲逃走……正因為如此，這次的事件只能靠我自己一個人解決。」

「原來如此！是這樣子啊！」

「真、真的是太有勇氣了！」

「小事一樁。身為效忠帝國和女王陛下的子民，我只是做了理所當然的事情。這不只是做為上流階級的貴族之義務，也是魔術師的義務。」

「「「噢噢……」」」

警備官們深受感動似地用充滿尊敬的目光注視羅莎莉。

「羅莎莉這傢伙……開始得意忘形地把功勞往自己身上攬了……」

「助手葛倫，我們走吧！下一起棘手案件正在召喚我們呢！」

「我……真的超想揍妳一頓的。」

羅莎莉無視傻眼的葛倫，在警備官們的列隊敬禮送行下，大搖大擺地離開了。

「小姐請留步！至、至少……告訴我們妳的大名吧……！」

其中一名警備官忍不住詢問。

「我嗎？『我叫羅莎莉・狄特多——職業是魔導偵探』。」（耍帥☆）

迎著火球般的夕陽，羅莎莉頭也不回地瀟灑回答道。

「不、不愧是魔術師……」

「貴族義務……沒想到居然能在這種地方看到奉行這條信念的真正貴族！」

「羅、羅莎莉小姐……！」

（明明根本不會用什麼魔術……）

事件落幕之後——

「老師，我不是說過好幾次了嗎？實驗器材使用過後要收拾乾淨！今天我一定要——」

一如往常，西絲蒂娜活力充沛地衝向靠在窗邊看報紙的葛倫。

「咦？那篇報導是……」

看到葛倫正在閱讀的那篇報導，原本想大聲斥責他的西絲蒂娜，注意力也不禁被吸引過去。

標題上，使用的盡是『偵探少女立大功！』『預先粉碎黑手黨陰謀的超強魔導偵探，羅莎莉・狄特多！』等這一類聳動的描述。

「啊，我也知道這則新聞！聽爸爸說，當時黑手黨好像差一點就要滲透到菲傑德了，情況很危急呢。」

西絲蒂娜的注意力似乎從說教轉移到報導的內容上了。

「那位羅莎莉小姐不顧自身危險，獨自一人對抗陰謀保護菲傑德，我們真的要好好感謝她呢……」

「……啊啊，是啊。」

葛倫面帶難以形容的表情苦笑。

魯米亞敏銳地察知了葛倫的感想，一臉笑盈盈的；梨潔兒則是不知所以然地歪著頭。

「話說回來，我真好奇魔導偵探羅莎莉小姐是怎樣的人……有辦法獨自挑戰陰謀並成功解決，表示她很勇敢又能幹……想必是很厲害的魔術師吧……我開始崇拜她了……」

「誰知道？說不定她是個超級不成材的三流偵探喔？」

「怎麼可能！老師你又不認識她，不要做出那麼失禮的評價！」

「好啦好啦，妳說得對。」

葛倫聳聳肩摺好報紙，打算一走了之……

「啊！站住！這麼說來，我還有事情沒講完！實驗器材用完後，要好好收——」

西絲蒂娜追上前，魯米亞和梨潔兒也緊跟在後。

於是，在命運的捉弄下再次重逢的葛倫和羅莎莉。

從那一天起，兩人將被捲入一連串發生在菲傑德的離奇懸案之中——

不過那又是另一段故事了。

魔術學院
心動體驗學習營

Open Magic Academy

Memory records of bastard
magic instructor

不正經的魔術講師與追想日誌

Memory records of bastard magic instructor

魔術學院校舍東館五樓。

在此刻顯得冷冷清清的學院學生會社辦。

「時間真的過得好快。」

一名女學生站在面向中庭的窗戶前，感觸良多似地望著樓下的風景喃喃自語。

這名少女擁有散發出暗銀光澤的灰色頭髮、宛如高級大理石般的白皙皮膚、黑珍珠般的眼眸等……令人印象深刻的特徵。

少女名叫莉婕・費爾瑪。她不僅是三年級學生的榜首，同時也擔任學生會會長，是個才女。

「明明不久前，我才剛進來這所學院就讀……」

「那、那個……學姊？」

西絲蒂娜畏畏縮縮地向大自己一屆、不知何故從剛剛就顯得悶悶不樂的少女搭話。

「哎呀，不好意思。」

莉婕轉身向西絲蒂娜淺淺一笑。

「不好意思，今天突然叫妳過來，西絲蒂。」

「不會，畢竟是學姊妳的請求。」

「還有葛倫老師，謝謝您今天專程跑一趟。」

「唉，到底想幹嘛啦……我想快點回去睡午覺耶。」

西絲蒂娜身旁的葛倫忍不住快打呵欠，一副百無聊賴的模樣。

莉婕表示有事情想三個人單獨聊聊，他們才在放學後來到學生會社辦。

「呼啊……有什麼事可以快點說嗎？學生會長小姐。」

「事情是這樣的……」

莉婕吞吞吐吐地開口了：

「不久後，在學生會的主導下，將召開魔術學院體驗學習營。」

魔術學院體驗學習營。

根據莉婕的說明，這項由學生會籌備的企劃，目的是為了讓有志進入魔術學院就讀的小孩們提早瞭解學院的氣氛，簡單地向他們介紹魔術課程及學習環境，也是學院有史以來的首次嘗試。

「這、這不是很棒嗎？以環境封閉的魔術學院而言，算是很創新的企劃呢!?」

「是喔……？辛苦啦。」

聽了莉婕的說明，西絲蒂娜眼睛為之一亮，葛倫則是興趣缺缺，回答得很敷衍。

「等、等一下?可是,學姊……」

「我明白妳想說什麼。」

莉婕靜靜向困惑的西絲蒂娜點頭。

「沒錯。如妳心中的疑慮,現在學生會處於兵荒馬亂的狀態。」

「我、我想也是。各委員會與俱樂部的會計審查和預算決議,下一任學生會長選戰的準備,與克萊特斯校的學生交流會……所有的工作全都撞期了,對吧?難道那個學習營剛好就選在這種時候?」

「被妳猜中了。」

莉婕輕輕嘆了口氣。

「會有這樣的差錯,是因為學院本部的事務局總務企劃部在體驗學習營尚未定案時,就搶先向校外募集了參加者……如今報名人數已經爆滿了。我們又因為手邊工作堆積如山的關係延遲處理。」

「天、天啊……」

「雪上加霜的是,因為學院理事會對這個企劃抱有期待,現在也無法半途喊停……雖然我們也試著努力過了,偏偏我們來不及安排最重要的部分,也就是負責上體驗課的教授和講師。」

再這樣下去，體驗課就辦不成了。」

莉婕語帶自嘲地嘆氣。

「所以，我在此想向兩位提出請求。首先是葛倫老師……」

「我拒絕！」

莉婕還沒把話說完，葛倫便緊張兮兮地大聲搶白。

「我、我才不要！妳八成是希望我當體驗課的講課老師對吧!?這件事免談！」

「還請您考慮一下。我聽說您是非常傑出的講師。請您務必提供協助……」

「不關我的事！這種麻煩事我才不幹！所以囉，為了療癒因連日的繁忙工作而損耗的身心，葛倫老師要孤單寂寞地踏上回家的路了……再見～！」

不等莉婕回答，葛倫便一溜煙地逃出了學生會社辦。

「老、老師！拜託你認真聽人家把話說完……咦，已經不見了!?這麼會有這麼過分的人……!?真是的！」

見葛倫一眨眼就消失得無影無蹤，西絲蒂娜都快氣炸了。

「太可惜了……如果葛倫老師願意幫忙的話，一定能為體驗課帶來精彩的內容……」

莉婕遺憾似地面露苦笑。

「學姊！有什麼地方是我能幫得上忙的嗎!?」

西絲蒂娜激動地向莉婕問道。

「妳應該也猜到了吧？我打算拜託妳幫的忙是……」

「找出願意上體驗課的教授和講師……對吧？」

聽聰明的西絲蒂娜一語道破，莉婕歉然地垂低眼簾。

「妳不是學生會成員，卻還麻煩妳這種事，我也感到很過意不去……可是我們真的沒有人手了……如果要找外部的人幫忙這種事情，也只剩妳可以信賴了……」

「放心吧！為了學姊，我願意赴湯蹈火！」

西絲蒂娜拍拍胸脯，做出強而有力的宣言。

「一直以來都很謝謝妳，西絲蒂。」

莉婕先是面露溫婉的微笑，接著用俏皮的眼神注視西絲蒂娜。

「欸，妳要不要也加入學生會？妳肯加入的話就太棒了，我也能安心托付未來的事……怎麼樣？」

「呃、呃，這個嘛……學姊的提議讓我很高興，可是……」

「開玩笑的啦。我知道妳為了實現自身的夢想，每天都很忙。」

莉婕輕聲笑了。

「學生會這邊也會持續跟教授和講師交涉。總之，哪怕只找到一個人也好，希望妳能幫忙找到願意上體驗課的教授和講師。」

「知道了，包在我身上吧！」

於是，西絲蒂娜為了幫敬愛的學姊找到願意上體驗課的人，開始向教授和講師遊說，然而

——

「我不要！」

哈雷的尖銳叫聲響徹了學院的走廊。

西絲蒂娜一個頭兩個大，痛苦地皺起了臉。

「真的不能通融一下嗎？哈雷老師……」

「囉嗦！說一次還聽不懂嗎？西絲蒂娜・席貝爾！」

雖然西絲蒂娜鍥而不捨，可是哈雷完全不給她好臉色。

「我現在忙著寫魔術論文！聽好了！我的論文如果難產，全世界的魔術發展也會連帶地受到拖累喔!?妳要是瞭解嚴重性的話，就快點從我眼前消失！」

哈雷撂下這句話，氣呼呼地走掉了。

「果然不順利嗎？西絲蒂。」

在遠處旁觀整個過程的魯米亞，輕聲向西絲蒂娜問道。

「嗯……感覺不管我怎麼說服，哈雷老師都不會答應……」

西絲蒂娜一邊嘆氣，一邊目送哈雷的背影。

「需要四名講課者……找得到人的講師和教授我已經都問過他們的意願了，結果全軍覆沒……看來是沒希望了……」

籠罩在一片愁雲慘霧中的西絲蒂娜，用手掌摀住了臉。

「欸，只要讓哈雷點頭答應請求就好了嗎？」

躲在魯米亞背後的梨潔兒喃喃問道。

「……嗯，是這樣沒錯……不過事情沒那麼簡單。哈雷老師很固執呢。」

「放心。看我的。」

「咦？」

還來不及阻止，身軀嬌小的梨潔兒已經隨著輕盈的腳步聲，朝哈雷的背影衝去——

「哈雷！」

「什麼!?」

感應到有一股不尋常的氣息氣勢洶洶地從後方接近，哈雷反射性地轉頭——瞬間……

咻轟轟轟轟！

猛然一閃的白刃劈開了空氣。

連帶產生的驚人劍壓，如一陣暴風般吹過狹小的走廊。

「什、什、什……？」

帶著睏意的撲克臉，雙手握著不知從何取出的大劍，擺出了劈砍架式的梨潔兒，現身在嚇得渾身發抖的哈雷面前。

下一秒。

啪沙、啪沙啪沙……啪沙……

只見哈雷頭頂的整片頭髮都被削斷，輕輕地往下飄落。

他的頭皮反射了走廊的燈光，顯得十分刺眼。

「哈雷。答應西絲蒂娜的要求。否則——」

梨潔兒面無表情地高高舉起大劍。那個機械性的動作和傀儡般的姿態不帶任何感情，反倒醞釀出一股一般恫嚇無法比擬的、深不可測的駭人氣勢——

「退下——————！」

「對不起，哈雷老師！我們會狠狠罵她一頓的！」

西絲蒂娜和魯米亞連忙上前架住梨潔兒，制止她的行動——

「咿咿咿咿咿——!?救命啊啊啊啊啊啊啊——!?」

陷入恐慌的哈雷嚇得連滾帶爬地跑走了。

「啊，等一下……嗯？剛才那樣說服力不夠？那我繼續說服。」

「『不可以使用物理性的說服！』」

當三名少女在走廊一角吵吵鬧鬧，糾纏成一團的時候……

「唉，妳們三個在搞什麼鬼啊？」

「啊。」

偶然路過的葛倫語帶錯愕地朝三人搭話。

「……所以，直到現在還沒找到願意上體驗課的講課老師……嗎？」

聽聞了來龍去脈的葛倫無奈地嘆口氣。

「白貓，只能怪妳多管閒事。不要隨隨便便接這種燙手山芋。妳又不是學生會的人。」

「話、話是這樣沒錯……」

「追根究柢，今天這個爛攤子是倉促行事的學院和反應太慢的學生會所造成的吧？妳根本不需要幫忙善後。勸妳放手吧，不用把那種吃力不討好的工作往自己身上攬。」

「可是，我無論如何都想……」

西絲蒂娜耿耿於懷地垂下了眼簾，緘默不語。

……葛倫見狀──

「喂，白貓。可以問妳一個問題嗎？」

他突然隨口向西絲蒂娜提出疑問：

「妳……為什麼會那麼執著那個企劃？我再強調一次，妳可不是學生會的人喔？」

「這是因為……」

西絲蒂娜不知道該不該回答，迷惘了好一會兒，最後下定決心開口說道：

「因為我想幫莉婕學姊的忙……就這麼簡單。」

「噢？難不成妳有什麼把柄落到了那個冷傲的美女學生會長手上嗎？」

葛倫聳聳肩，瞥了西絲蒂娜一眼。

「在我一年級時……莉婕學姊非常照顧我。」

「哦？」

「我進入這所學院就讀以前，爸爸就傳授了我許多魔術……所以我的實力高出其他同屆的學生不只一、兩級。也因為這個緣故，剛入學的時候我懷有強烈的菁英意識，常常不自覺地做出輕蔑他人的言行舉止……」

西絲蒂娜露出了彷彿在遙想過去的眼神，繼續說道：

「理所當然地，我和大家在一起顯得格格不入……後來除了魯米亞以外，大家都無視於我。可是那個時候的我，就連自己為何會被討厭也不懂……」

根據西絲蒂娜的說法，當時正是莉婕情同姊妹地照顧西絲蒂娜，並且教會了她許多無法靠魔術搞定、待人處世的道理……她會成為西絲蒂娜所尊敬的學姊，也是因為這個緣故。

「莉婕學姊非常喜歡這所魔術學院。喜歡到為了向學院奉獻一份心力而當上了學生會長。」

「……還真是個怪人呢。」

「是呀。」

西絲蒂娜噗哧地笑了。

「不過學姊她很快就要卸任了。她能為這所學院付出的時間所剩不多了。」

魔術學院一年分為上下兩個學期，中間夾著暑假，學生會的任期只到三年級的下學期初。

簡單地說，莉婕・費爾瑪這個行政能力出色，為了學生與學院推動了諸多改革與企劃改善、多年難得一見的優秀學生會長，很快地就要宣告引退了。

「莉婕學姊為了心愛的魔術學院，想要利用剩餘不多的時間努力讓它變得更好。之所以舉辦體驗學習營，也是希望魔術學院能迎接更光明的未來……」

「…………」

「就像當初學姊拉了糊裡糊塗的我一把一樣……我也想助學姊一臂之力。可是好不甘心……只憑我一個人，果然心有餘而力不足……真的好遺憾。」

西絲蒂娜難掩悲傷，嘆了一口氣。

「哦……想向曾經關照過妳的人報恩嗎……真是拿妳沒辦法啊。」

這時，彷彿突然心血來潮似地——

「……幫我準備三天的午餐便當，我就願意當其中一個講課老師。」

葛倫嘟囔著，答應了西絲蒂娜。

「……咦？」

「另外，妳應該也不知道還能找誰當講課老師了吧？我來幫妳想辦法吧，反正我有口袋名單。」

「咦？……咦？」

「只是，我有個條件。」

葛倫倏地把臉貼到西絲蒂娜的面前。

「我要照我的方式做，妳可別抱怨喔？」

「當、當然了……事到如今，我非常感謝老師能幫忙……不過，老師怎麼會突然改變心意……？」

「……哎，我平常也滿受妳照顧的……偶爾也……」

「咦？老師你說什麼？」

西絲蒂娜沒聽清楚葛倫的自言自語，好奇地反問道。

「沒什麼啦。」

葛倫一臉不爽，把臉貼到西絲蒂娜面前。

「聽好囉？妳可不要誤會了。我只是因為這個月缺錢，為了節省伙食費，才　被　迫接受這種麻煩的工作喔？就只是因為這樣喔？」

魯米亞一臉笑盈盈，梨潔兒則是露出快睡著似的恍神表情，在一旁關注著兩人的互動。

「魯米亞。那個叫『傲嬌』是嗎?上次溫蒂教我的。她說男生耍『傲嬌』很噁心。葛倫很噁心嗎?」

「啊哈哈，老師確實是不坦率。」

梨潔兒沒有惡意地提出單純疑問後，魯米亞不禁苦笑。

「不過，太好了呢，西絲蒂，葛倫老師願意幫忙呢。而且他還有口袋名單。」

「嗯、嗯!無論如何，總算跨出第一步了!」

或許是從之前的壓力獲得解脫吧，西絲蒂娜喜上眉梢，難得恭恭敬敬地向葛倫鞠躬致謝。

「呃，雖然我不是很清楚怎麼了……總之謝謝老師!」

「啊～啊……既然如此，現在我得以那些講課老師候補者為目標，展開累人的遊說行動了……不知道有沒有加班費可領啊……?」

葛倫有氣無力地如此說道，同時掉頭轉身。

「啊，老師!你現在就要去遊說嗎?我也跟你一起去……」

「不，妳們不用跟來了。只會讓事情變得麻煩而已。」

葛倫伸手制止打算跟著行動的西絲蒂娜等人。

「妳們就放心交給我吧。我不會亂搞的。」

葛倫的笑容透著一股不可思議的自信。

「……好、好吧。那就麻煩你了，老師。」

那笑容讓西絲蒂娜感到可靠，她深深地彎腰一鞠躬。

於是。

體驗學習營當天。

參加本次體驗學習營的眾多少年少女們，一大早就來到了學院中庭集合。

「魔術實在太不可思議了，好炫喔，我以後也想成為魔術師。」

「對啊，魔術很帥氣呢！」

「我將來一定要進入這所學院，學習一堆攻擊咒文！目標是成為最強的魔術師！」

每個小孩子心裡都懷抱著對魔術的夢想與憧憬，眼睛閃閃發亮。

在離那些孩子有段距離的中庭一角。

「……老師，你是認真的嗎？」

西絲蒂娜盯著今天的體驗學習營日程表的講課老師名單，臉色一陣鐵青。

「當然是認真的。」

「沒、沒有其他更適合這個場合的講課老師了嗎……？」

「啊？妳要那種人的話，就去跟到頭來沒找到半個講課老師的學生會要吧。」

「可、可是，可是……」

當西絲蒂娜驚慌失措時，魯米亞湊上前來向她輕聲咬耳朵。

「放心啦，西絲蒂。葛倫老師一定有他的盤算。」

「盤算……」

西絲蒂娜重新檢視名單上的名字。

她的心中還是充滿了不祥的預感。

在葛倫的遊說下所組成的本日講課老師陣容……一言以蔽之，就是非常人團體。裡面雖然有一個正常人，可是就某種意味而言，那個人也是不適合推到大眾面前的非常人。

換句話說，這群人都是絕不該出現在今天這種公開場合的危險人物。

「嗚嗚，對不起，學姊……今天的體驗學習營可能要被搞砸了。」

西絲蒂娜洩氣似地低垂著臉。

這時。宣布課程開始的鐘聲響起，第一個講課老師颯爽地出現在排好隊伍的小孩子面前。

「呵呵♪大家早安～☆」

擺出可愛姿勢向眾人道早的，是學院的魔術教授瑟莉卡。

不過，今天她換下了熟悉的哥德式禮服，取而代之身穿的是以緞帶和寶石做為裝飾，看起來亮晶晶又蓬鬆的洋裝，此外還肩披斗篷，頭戴三角帽，手拿前端有星星的法杖，改走令人看了眼花撩亂、色彩繽紛的可愛風格打扮。

「我的名字是魔法少女瑟莉露！我是這所學院的魔法老師！我最討厭用功了，所以目前還停留在第三階級。你們不可以變得像我一樣喔☆呀嘻♪」

看到妙齡的絕世美女把自己裝得跟抱有思春情懷的少女一樣，在場的小孩子們全都啞口無言。

「這　是　怎　樣　啊？」

西絲蒂娜感到一陣天旋地轉，向葛倫投以帶有譴責之意的眼神。

「不、不然還能怎麼辦!?總不能在這種時候提出瑟莉卡・阿爾佛聶亞的名字吧……」

瑟莉卡・阿爾佛聶亞。名震北大陸的第七階級——最高位的魔術師。活了四百年的——活生生的傳說。

這個名字在全大陸無人不知無人不曉，儘管立下了數不盡的榮譽與英勇事蹟，可是背後卻也存在著許多真偽不明的惡毒傳聞與殘虐故事。在大部分的情況下，瑟莉卡這個名字總是會和

畏怯、恐怖、嫌惡等負面情感聯結在一起。

如果瑟莉卡的身分曝光，只怕會讓場上的小孩子陷入一團混亂。

本來瑟莉卡絕對是最不適合出現在這種場合的頭號人物……可是面對人手不足的殘酷現實……

「今天大家和我一起學習魔法吧☆不用擔心！有任何問題都交給魔法少女瑟莉露就對了♪」

葛倫也只能兩害取其輕，使出這樣的苦肉計了。

「不過，這比我想像的還慘烈。我快吐了。」

就連葛倫自己也看不下去了。

「老師!?真的沒有其他更妥當的方案了嗎!?」

「因、因為這是瑟莉卡自告奮勇提案的，而且她又興致勃勃——」

「太慘烈了！拜託她也思考一下自己的年紀吧！」

就在這時——

「那、那個……」

有一個小孩子畏畏縮縮地舉手了。

「嗯？小弟弟怎麼了？有什麼問題嗎？」

「呃……瑟莉露老師剛才自稱魔法少女對吧……？這樣能算……少女……？」

當小小的勇者，歪著腦袋提出疑問後——

「小心我把你分解成和根源素一樣細微的粉末，然後撒在異次元空間裡喔☆」

臉上依舊掛著諂媚笑容的瑟莉卡，發出低沉的嗓音語帶恐嚇地說道。

小孩子們瞬間被一股難以形容的壓迫感和威壓感給嚇得無法動彈。

「好、好了好了！魔法少女瑟莉露的課程馬上就要開始囉！」

「各、各位小朋友！要認真聽魔法少女瑟莉露上課喔！知道嗎!?」

葛倫和西絲蒂娜發出音調上揚的不自然聲音一邊大力強調『少女』這個字眼，一邊幫忙打圓場。

……這場體驗學習營可謂前途多難。

「簡單地說呢，所謂的魔法就是心的力量。各位小朋友得到誇獎或者被罵的時候，也會感到開心或難過吧？言語具有打動人心的力量！魔法就是透過言語控制內心力量的喔？」

瑟莉卡站在設置於藍天白雲下的簡易黑板前授課。

真不愧是葛倫的師父。

瑟莉卡的教學內容經過簡化，就連對魔術一無所知的小孩子也能輕鬆聽懂魔術的基本概念，教學手法非常高明。

「……啊，原來如此。等價對應原則……只要像那樣教就可以了啊。」

「我、我懂了……零點收束的零的意思……之前都不知道呢……」

雖然瑟莉卡為了小朋友特地把講課方式調整得平易近人，不過就連在一旁聽課的葛倫和西絲蒂娜等學院的人也能從中得到收穫。

職位是教授的瑟莉卡雖然平常不太有機會親自授課，可是這次的上課內容再再顯示出，即便作為教師，她的水準也是高得驚人。

「人家常說所有女孩子都會使用戀愛的魔法。所以我也會使用魔法喔♪」

「……咦？女孩子……？」

「那邊那個小弟弟，小心我把你打入冰凍地獄，把你封印在永久冰晶裡面，然後做成剉冰喔☆」

「咿咿咿咿咿咿咿咿咿——!?」

除了偶爾會面帶看似夢幻的笑容，講些危言聳聽的話，把小孩子嚇到抖得比被打入冰凍地獄還嚴重以外，這堂課基本上進行得十分順利。

於是——

「那麼，接下來請各位小朋友實際使用魔法看看吧♪」

接下來終於到了實踐的時間。

「咦？什麼？你們還不會使用魔法？放心、放心！包在魔法少女瑟莉露身上！」

如是說後，瑟莉卡不知從哪掏出一把法杖。

「鏘鏘！這是厲害的魔法道具，Magical Lyrical・Fantastic Illusion・Pretty Star Flower Stick～！」

那是一把以緞帶和心形寶石作為點綴的華麗法杖。

「使用方式很簡單！只要拿著這把魔法法杖詠唱秘密的咒語，哎呀，真不可思議，不管任何人都會使用魔法了呢！好，現在我們一起讓這座中庭開滿鮮花吧！」

「……原來如此，魔導器嗎？」

旁觀的西絲蒂娜稱讚似地低喃道。

所謂的魔導具，就是為了方便起動使用某特定魔術，把該魔術的咒文和魔術式結合在道具上所製成的東西。只要搭載小型的魔力爐，即便是沒有魔力的人，也能運用自如。

「這種道具確實很適合拿來讓小孩子學習使用魔術的感覺呢。」

西絲蒂娜眼前的小孩子們爭先恐後地舉手。

幸運被選中的是一個小女孩，瑟莉卡細心指導每一個步驟，領著她握好Magical（中略）Stick，擺出架式。

「真、真的連我也可以用嗎……？」

「嗯，放心！只要唸出我剛才教妳的咒語，任誰都會使用厲害的魔法喔♪拿出勇氣試試看吧～？」

「好、好的！」

於是，那名小女孩握好法杖在中庭重新擺出架式。

她朝翠綠的草皮和林木詠唱咒文。

「《Lyrical・Magical・Burning・美麗的花兒啊・斑爛地盛開吧！》」

瞬間。

喀！

一股令視野變成白茫茫一片的光之奔流，從法杖前端宣洩而出——

轟轟轟轟轟轟轟轟！

一陣彷彿快天崩地裂般的駭人巨響，震憾了整座學院。

猛烈的爆風吹向呆若木雞的眾人，呼嘯而過。

「什……？」

回過神來，原本氣氛恬靜、有著田園風情的中庭風景不復存在。

當中的綠意早已蕩然無存。

現在的中庭只剩下出現在爆炸中心地點的巨大隕石坑，以及受到爆炸波及所形成的廣大荒蕪焦土。

「「「…………………」」」

現場所有人都啞口無言，茫然地望著那慘遭蹂躪的風景。

這時候。

「嘻嘻！大成功☆」

唯獨瑟莉卡仍無動於衷地大呼小叫。那裝模作樣的聲音，冷冷地在化為焦土的荒野上迴盪著。

「開了好美的花喔☆其他人也來試試看吧！」

理所當然地，揮舞了法杖的那個小女孩因為承受不住打擊昏倒在地，其餘的小孩子則嚇得面無血色，淚汪汪地拚命搖頭——

「這、這是在做什麼啊啊啊啊啊啊啊啊啊啊啊——!?」

西絲蒂娜拔腿衝上前，毫不客氣地抓住瑟莉卡的胸膛猛力搖晃。

「花!?哪裡有花了!?不管怎麼看，那都是戰爭用的破壞魔術不是嗎!?」

「咦？花就是花啊？花火。」

「那個破壞力已經不叫花火了!?就算要放花火，好歹也控制一下威力吧!?」

「咦～？可是我已經把威力縮減到最小了耶？人家還很擔心這麼乏味的魔術，小孩子看了會覺得很無聊呢……」

「請不要用妳自己的基準來做判斷！」

當兩人爭論不下的時候——

果不其然，第一次見識到破壞魔術的小孩子們，都被那超乎想像的破壞力嚇得渾身發抖。

（果、果然完蛋了……）

西絲蒂娜悄悄地流下了眼淚。

接著是下一堂課。

轉移陣地移動到一般教室的小孩子們，抱著心驚膽跳的心情等待下一堂課開始。

在後面觀察情況的西絲蒂娜語帶嘆息地開口了：

「算、算了，雖然第一堂課的老師糟糕透頂……相較之下，這個應該算是安全牌吧。」

「我記得是……接著輪到瑟希莉亞老師上魔術藥學對吧？」

魯米亞向西絲蒂娜確認。

瑟希莉亞・赫斯特伊亞。在學院的醫務室服務，年僅十九歲的青春法醫師女孩。她在法醫咒文和魔術藥學方面上的造詣和實力，是學院首屈一指的專家。

基本上瑟希莉亞沒有帶課，這次是在葛倫的遊說下，她才破例點頭答應。

「呵呵，你好，葛倫老師。」

「啊，瑟希莉亞老師，今天麻煩妳了。」

葛倫正在另一頭和來到講課室的瑟希莉亞寒暄。

「咳……咳咳……我今天會盡最大努力的……請其他老師也不吝指教喔？」

瑟希莉亞面露柔和的微笑。

「妳、妳的臉色還是一樣很糟糕呢……硬是要妳帶小孩子上課，我總覺得有點罪惡感耶……」

瑟希莉亞生來就是病弱體質，身體極端虛弱；一點風吹草動就會不舒服、動不動吐血，這是她最大的弱點。「替人看病的醫生卻照顧不好自己的身體」，這句話儼然就是在說她。

「別擔心。我今天吃了很多藥，昨天為了避免熬夜，還提早上床睡覺，一睡就睡了三十六個鐘頭呢……身體好得不得了……咳咳咳……」

「那個……那樣已經不叫提早上床睡覺了吧……」

西絲蒂娜走過來關心瑟希莉亞。

「而且老師妳的臉色那麼差，這樣還能叫身體好得不得了嗎？真的不要緊嗎？不如趁現在宣布中止吧……」

「謝謝妳的關心，西絲蒂娜同學。我很好。而且我早就想嘗試這種活動了。」

「瑟希莉亞老師……」

「其實我也希望成為像葛倫老師這樣的教師……如果不是體弱多病，現在的我應該也早就當上教師了……所以當葛倫老師上門請我帶課的時候，我真的很開心。」

瑟希莉亞淡淡地笑了，那個笑容雖然看似脆弱，卻沒有憂愁。

「……好吧，可是妳千萬不能勉強自己喔？」

「好的♪」

那是張會激起人的保護慾望的笑容。

「好，差不多該開始了。」

「啊，瑟希莉亞老師。」

魯米亞叫住準備前往講台的瑟希莉亞，遞了個小瓶子給她。

「請收下它吧。這是我剛才用猶塔庫的果實所做的果汁。」

「哇。」

「這果汁有止咳的功效。如果上課到一半咳嗽得很嚴重，請含一口在嘴巴。」

「謝謝妳，魯米亞同學。我會心懷感激地使用的。」

瑟希莉亞收下魯米亞準備的果汁瓶後，站上了講台。

於是，瑟希莉亞開始授課。

「……詠唱咒文，控制魔力，為世界帶來變化……不是只有這樣才叫魔術。以固定的步驟調合自然界的各種魔法素材，透過物理手段使那個魔法力昇華為魔術……這也是一種魔術。所謂的魔術藥學，就是屬於這一類的魔術……」

瑟希莉亞把各式各樣的魔術藥瓶和魔法素材擺在講桌上，以淺顯易懂的方式教導小孩子魔術藥的基本知識。

「……這些儀式性的調合步驟，全部都有魔術上的意義。換句話說，這個調合步驟等同於一般魔術的『咒文』。就跟南原的遊牧民族以舞蹈控制精靈的方式有著異曲同工之妙。魔術藥生成術在本質上，跟一般的魔術是一樣的……」

其實我本來想當教師呢。

如此表示的瑟希莉亞，跟其他常常把自己的研究和成就擺在第一位思考、喜歡暢談艱澀的邏輯與理論，把課堂搞成像是在自我抬舉的秀場的學院教授和講師不一樣，學生才是她優先思考的對象。看來她想當教師的心願是發自真心。

「……遺憾的是，魔術藥精製術和法醫咒文並沒有推廣到一般『施療院』。由於諸多法律上的限制，一般施療院禁止使用透過魔術醫治傷病患的法醫治療方式。這是因為法醫治療最初源自『如何讓負傷的士兵盡快回歸戰場』的概念，是標準的軍用魔術。」

瑟希莉亞在授課時不單只講述魔術的知識。

「一般人如果想接受魔術性的法醫治療，只能花大錢自聘魔術師。只有少部分的特權階級負擔得起那個開銷……將來，我希望打造一間任何人都能平等地接受法醫治療的『法醫院』。為了實現這個目標……」

而且她還以淺顯易懂的說明，教導小孩子關於魔術藥學和法醫咒文的社會責任，以及它們所承擔的問題等等。

這是日後將成為人們口中的『醫聖』的瑟希莉亞，平生第一次授課。

雖然授課途中因為不習慣的關係，導致發生了許多不得要領的情況，不過整體而言，那仍是一堂連在旁聽講的西絲蒂娜等人也獲益良多的精采課程。

「……謝謝大家聽講……咳咳……」

課程結束的同時，台下響起了如雷的掌聲，瑟希莉亞完全變成了小孩子們尊敬的對象。

「瑟希莉亞老師這門課上得好棒喔……」

「……嗯。無可挑剔。」

在後方座位聽講的魯米亞和西絲蒂娜頻頻點頭。

「這樣應該有幫阿爾佛聶亞教授剛才的失分扳回幾成吧……？」

這時……

「咳!?咳咳咳！」

講台的方向傳來了更為激烈的咳嗽聲。

定睛一瞧，講台上的瑟希莉亞貌似痛苦地癱靠著講桌。

「不好了！都是因為過度硬撐的關係！我們走，魯米亞！」

「嗯！」

西絲蒂娜和魯米亞立刻上前看護瑟希莉亞。

「我、我沒事……大家不要擔心……我……還撐得下去……我的生命之火……還沒……」

在惶恐不安的小孩子們的注視下，瑟希莉亞抓起擺在講桌上的其中一瓶魔術藥。

「咳咳咳，不好意思……我喝一點止咳藥……」

瑟希莉亞打開瓶蓋，瓶口對著嘴巴……

「瑟、瑟希莉亞老師!?那一瓶不是我剛才給妳的猶塔庫果汁！果汁是隔壁那一瓶才對！」

「咦咦!?」

魯米亞悲鳴似地大喊，西絲蒂娜聞言愣住了。

「瑟希莉亞老師！等一——」

然而太遲了。

瓶子裡的藥水，已經流入了瑟希莉亞那又白又細的喉嚨裡……

……然後——

「嗚呵……呵呵……」

只見瑟希莉亞她……

「呵呵呵……啊哈哈……！」

全身漸漸打起哆嗦……

「啊哈哈哈哈哈哈哈哈哈哈哈哈哈哈哈哈哈哈哈哈哈哈哈哈哈哈哈哈哈哈哈哈哈——!?」

然後，她突然發出了彷彿鬼哭神號般的瘋狂笑聲。

「瑟、瑟希莉亞老師——!?」

「她喝掉的肯定是精神亢奮劑！那種藥劑只要舔一口，藥效就很強了，一次喝掉那麼多的話——」

西絲蒂娜和魯米亞面色鐵青。

「啊咳哈!?啊哈哈咳哈哈哈哈咳咳哈哈哈啊咳哈！咳咳哈哈哈咳咳哈哈哈、噗哈哈哈哈！咳嘔呼啊啊啊哈哈哈哈——噗！咳哈！嘔噗啊！」

即使口吐鮮血和狂翻白眼，瑟希莉亞還是大笑不止。那模樣看起來是如此瘋狂且邪惡——講台如今就像地獄一樣。

……半晌。

「啊哈哈哈哈、哈……呣啾～」

瑟希莉亞就像用盡了氣力般，毫無預警地「碰」的一聲倒在地上，一動也不動。

「瑟、瑟希莉亞老師——！瑟希莉亞老師——！魯米亞，拜託妳快用法醫咒文——!?」

「嗯、嗯！」

魯米亞拚命向瑟希莉亞施放法醫咒文。

「啊——呃，這、這個是!?」

西絲蒂娜轉身面對台下的小孩子。

「這是那個啦！為了向各位小朋友實際示範法醫咒文，所以才——」

這套說法自然不可能騙得了小孩子，他們個個被眼前的畫面嚇得魂不附體。

「欸，葛倫。瑟希莉亞死掉了嗎？」

梨潔兒目瞪口呆地問道。

「有誰想得到最後會是這種結局呢……抱歉了，瑟希莉亞老師……」

葛倫嘆了一口氣後，也前去看護瑟希莉亞。

魯米亞陪伴陷入昏迷的瑟希莉亞離開了。

「好，到此為止很順利！」

「嗯。順利。」

移動到下一間教室後，第三堂課即將開始。

不知道接下來又會碰上什麼事情，小孩子們明顯把畏怯都寫在臉上。

面對這一幕，西絲蒂娜卻以斬釘截鐵的語氣跟梨潔兒說「目前為止很順利」。如果不這樣自欺欺人，她根本撐不下去。

「不過，真正的考驗才要開始呢！因為接手下一堂課的，正是那個變態大師奧威爾老師！」

魔導工學教授奧威爾・休薩。年僅二十八歲便晉升到第五階級，在學院的年輕職員裡面，算是足以跟哈雷匹敵的天才。

不過，他卻只會把那多到滿出來的才能浪費在毫無意義的事物上，擁有前所未聞的人格缺陷。

「聽好了，梨潔兒。如果奧威爾老師試圖做出傷害小朋友們的行為，妳立刻一刀砍下去。我允許妳解禁。」

「嗯。我會砍下去。」

「妳要負責保護小朋友……知道嗎？」

「知道。交給我。」

然而——

上課鐘聲響起後，仍不見奧威爾的蹤影。

「……咦？」

「奧威爾老師在做什麼啊……？」

五分鐘過去了，十分鐘過去了……

發現狀況不對勁的小孩子們也漸漸騷動起來，這時——

喀嚓……嘰……

講義室的前門毫無預警地自動緩緩打開了。

「老師你遲到了！到底在搞什——」

西絲蒂娜反射性地想要劈頭一陣痛罵——這時。

那個東西在眾人面前現形了。

「什麼……？」

潰爛的皮膚，裸露的肋骨，垂掛在體外的內臟，黑漆漆的眼窩，少了嘴唇遮蔽的一口亂牙出現在眾人眼前的那個東西——

不管左看右看，明顯就是喪屍。

「「「呀啊啊啊啊啊啊啊啊啊啊啊啊啊啊啊啊——!?」」」

小孩子們陷入極大的恐慌。

出現於現場的喪屍，緩緩地朝小孩子們逼近——

如子彈般衝出的梨潔兒飛越過一張張桌椅，矛頭鎖定了喪屍——

「咿咿咿呀啊啊啊——!?」

只見梨潔兒如狂風般揮舞著不知何時錬成的大劍，眨眼就將那隻喪屍碎屍萬段。

喪屍的屍塊散落一地。

慘不忍睹的畫面引發了小孩子們更大的混亂，一群人爭先恐後地衝向後門試圖逃離教室，

可是那扇門卻完全打不開。彷彿早被人上鎖了似的。

「怎……怎麼一回事……？」

面對這莫名其妙的突發狀況，西絲蒂娜的表情都僵了……就在這時。

『那件事……發生在某個晴朗的初夏……』

教室裡突然響起了透過魔術擴大，充滿了懸疑氣氛的聲音。

『期盼已久的魔術學院體驗學習營……在這裡我們得以稍微窺見魔術的智慧，感覺到無比的新奇，並且充分地沉浸在未知的神秘世界的樂趣中……』

「這、這聲音是……」

肯定沒錯。

『然而，就在這場歡樂的體驗學習營的最後一堂課……惡夢降臨了！』

「奧威爾老師，你到底做了什麼好事啊啊啊啊啊——!?」

西絲蒂娜仰天長吼。

『呼哈哈哈哈哈——！白貓同學啊！我最大的競爭對手與好友・葛倫老師的愛徒！這問題不是多此一問嗎!?這是我安排的體驗課啊!?』

「啥!?那隻喪屍果然是你搞的鬼!?」

『那當然！看看講桌上吧！』

西絲蒂娜定睛一瞧，發現講桌上擺設了一部上面裝有許多奇怪水晶的詭異箱型裝置，不知何時就開始嗶啵嗶啵作響，發光運轉著。

「我一走進教室就對那部裝置感到很好奇了……那到底是什麼!?」

『呼哈哈哈！那是我的最新設計，可以讓集體產生幻覺的魔導裝置！』

「什麼!?」

『凡是看見那個光芒的人，都會受到同樣的幻術擺布！換言之，你們現在所身處的地點根本不是真正的魔術學院！而是由你們的共通深層意識野所創造出來的想像上的學院！你們的肉體正在現實世界沉睡！不用擔心危險！』

「等一下——也就是說，這裡是夢的世界……精神世界的牢籠嗎!?那隻喪屍是夢的世界的住人!?不要鬧了！快點放我們離開！」

另一方面，雖然學生會成員想盡辦法讓陷入驚恐的小孩子們情緒平復下來，可是完全沒有效果。

『妳先冷靜！這個魔導裝置呢，會把產生幻覺的人帶往什麼樣的精神世界，完全是依照插在裝置裡的魔導軟碟片上的魔術式決定！所以說，只要插入不同的軟碟片，這部裝置就能提供各種夢世界的冒險作為遊戲，超☆絕優秀對吧！而且只要有一點點知識，任誰都可以創造出遊戲！嗚喔喔喔喔喔喔，我好害怕我自己的才能！呼哈哈哈哈哈哈哈哈哈——！』

「可以好好聽人家講話嗎!?」

『而且本次試玩的軟體《喪屍之館Ⅲ》，還邀請了某位大師一起共同開發……』

「欸，你有聽見嗎!?話說回來，Ⅲ是怎樣!?之前還有Ⅰ和Ⅱ嗎!?」

奧威爾無視西絲蒂娜的吐槽，繼續廣播。

『他就是學院引以為傲的精神魔術世界權威！崔斯特・魯・諾瓦爾男爵大人！來！大家拍手歡迎！』

『呼！純潔無瑕的年幼少女驚恐地四處逃竄，哀鴻遍野……那簡直是天籟！無可比擬！啊啊嗯，我要高潮了——————！』

「糟、糟糕透頂——!?」

崔斯特的聲音接著出現，西絲蒂娜抱著腦袋大叫道。

『不只是軟體，男爵在這部魔導裝置的開發階段就提供了全面的協助，即使是本天才奧威爾・休薩，單憑自己一個人也無法完成本次的發明，這是千真萬確的事實！』

『哼，這可是能欣賞到少女怯生生的姿態與悲鳴的劃時代發明，我當然要傾全力相助了……嗚嘻嘻嘻。』

「你們兩個都去死吧！」

『體驗課即將正式開始！少了娛樂的話，人類會死的！這是一種恐怖的病症，專門傷害成熟文明人的精神！本人之所以會開發此項世紀新發明，就是為了治療這個病症！大家就好好享受吧！GAME START——————！』

奧威爾做出宣布的瞬間。

喀乒乒、乒乒！啪鏘！

大量的喪屍從前門和窗戶湧進了教室。

「「「呀啊啊啊啊啊啊啊啊啊啊啊啊啊啊啊啊啊啊——!?」」」

小孩子們愈發驚恐。

『放心吧！諸君！這終究只是一場夢的遊戲！就算在遊戲裡被喪屍吃掉，醒來回到現實後你們依然毫髮無傷！所以放開心胸好好沉浸在遊戲的世界裡吧！』

「怎麼可能放心得下來呀!?」

另一方面，在講台附近。

「喝啊啊啊啊啊啊啊啊——！」

梨潔兒一一斬殺不斷湧進教室的喪屍。只見她有如一陣旋風般剁碎了喪屍，展現出所向披靡的氣勢。

「不用怕。我來保護大家。」

然而，製造出滿天飛的大量屍塊，全身被噴得血淋淋的梨潔兒——看起來也同樣可怕。

「「「嗚、嗚嗚～～～～嗯……」」」

明明這裡是夢中的世界，卻陸陸續續有人陷入昏迷。

「……為什麼會變成這樣？」

西絲蒂娜癱坐在教室的角落，把臉埋進併攏的兩隻膝蓋中間，感到心灰意冷。

有隻喪屍像是在為她打氣似地，拍了拍她的肩膀。

後來。

因為不知道怎麼脫離夢境，一行人只能硬著頭皮突破奧威爾設下的遊戲，於是他們一邊保護被嚇得魂飛魄散的小孩子，一邊在學院內展開探索。

一行人以梨潔兒為開路先鋒，把所有擋路的喪屍通通殺光，好不容易終於發現想要脫離這個世界必須打倒的魔王級角色，最後也由梨潔兒將牠秒殺。

一回到現實世界後，西絲蒂娜憑著執念，逮到了奧威爾和崔斯特教授，不由分說發動攻擊咒文把兩人給轟飛得老遠。

於是——

「唉……最後一堂的體驗課、嗎？」

負責壓軸的葛倫環視了有氣無力地坐在教室裡的小孩子們。

台下不見任何一張體驗課剛開始時那種充滿了夢與希望的臉。所有人臉上都掛著彷彿期待落空、大失所望般的表情。教室裡瀰漫著「只要能快點結束就好」、「我好想回家」的氣氛。

「不過，結果大致都如我預期啦。不對，應該說比我預期的好多了。」

可是，在看到小孩子露出那樣的反應後，葛倫卻一副滿不在乎的態度。

「……如你預期？你剛說結果如你預期嗎……？」

聽了葛倫的說法，西絲蒂娜漸漸燃起滿腔怒火。

「是啊，沒錯。」

「所以說……你明知道情況會變成這樣，還是跑去找那些人來上課嗎……？你是故意的嗎……？」

「如果拜託他們來上課，可想而知結果會如何……唯一出乎我意料的就是瑟希莉亞老師的結局吧。」

「……老師你……！」

西絲蒂娜怒瞪葛倫，巴不得衝上前跟他拚命。

「問題是……除了他們以外，也沒有人願意幫忙了啊？這是不可避免的結果。」

「太過分了！你在敷衍我吧!?都怪我太笨了，居然相信了老師！」

怪自己看走眼的西絲蒂娜就快哭出來了，然而……

「笨蛋，課程還沒結束。還有我在，不是嗎？」

「……咦？」

葛倫的意外發言讓西絲蒂娜為之一愣。

「前面的部分也只能認賠殺出了……這是一場極度缺乏可用之兵，原本就註定會打敗仗的戰爭……想要反敗為勝的話，就必須下一點功夫。」

「你、你到底在說什……？」

「接下來換我上場了……吶，白貓。偶爾也相信我吧。」

葛倫面露堅定的微笑。

西絲蒂娜筆直注視著葛倫的臉。不管怎麼看，他臉上不像是在打「想要敷衍」或者「搞砸別人好事」這種歪主意的表情，西絲蒂娜的怒火也因此漸漸平息了下來。

「……好吧。我相信老師。」

沉默了片刻後，西絲蒂娜嚴肅地如此回答。

「麻煩你上最後的一堂課了，老師。」

「……噢，看我的吧。」

葛倫動作粗魯地摸了西絲蒂娜的頭後，前往講台。他的掌心有一股不可思議的溫暖。

「唉……」

西絲蒂娜目送葛倫的背影離去後，在鄰近的位子坐下，深深地嘆了一口氣。

突然——

「辛苦妳了，西絲蒂。」

「莉婕學姊!?」

她意外發現莉婕就坐在隔壁的座位。

「妳怎麼來了!?今天妳不是要討論和克萊特斯校的交流會嗎……？」

「那邊的工作已經搞定了。話說回來——」

莉婕簡單地環視了四周一圈，面露苦笑。

「情況我大致都聽說了。妳好像吃了不少苦頭呢，西絲蒂。」

「嗚……對不起……把活動辦成這樣……」

西絲蒂娜的語氣透著愧疚之意。

「不用道歉。妳做得很好。」

但莉婕卻向西絲蒂娜投以溫柔的微笑。

「妳、妳不生氣嗎？」

莉婕的反應令人意外，西絲蒂娜一臉茫然。

「這活動本來就是我們留下的燙手山竽，沒道理對妳生氣。況且……」

莉婕十指交叉，托在嘴巴前，她露出看似有些興致勃勃又帶有幾分傲氣的表情，注視葛倫的背影。

「我早就想見識見識傳說中葛倫老師的授課了……他要怎麼收拾這個爛攤子呢？我們就拭目以待吧。呵呵。」

於是，葛倫站上講台的同時，鐘聲響起了。

「……那麼。歡樂的體驗學習營也將在我這門課畫下句點。」

即便葛倫開始講課，台下的小孩子們還是一副無精打采的樣子。

「話說回來，我想問你們一個問題……在前面的課程中，你們接觸到了各種魔術的冰山一角……那麼，大家有什麼樣的感想呢？」

小孩子們的表情隱隱有了變化。

「很無聊？不如期待？不對。我猜你們現在一定都覺得『魔術很可怕』。」

葛倫似乎說中了，只見小孩子們紛紛露出驚訝的表情注視著他。

「你們本來以為魔術是更為有趣的東西。以為魔術是可以實現各種希望的夢幻之術。然而期待卻遭到了背叛……你們心中的不滿應該都是來自這個原因吧……啊啊，你們的感想並沒有錯。只要稍微搞錯使用方式，結果就是地獄……那確實是魔術的嚴酷現實。無庸置疑。」

葛倫把雙手撐在講桌上淡淡地說道。

「確實，魔術並沒有你們想像中那麼崇高又了不起。它遠比你們想像的沒有價值，而且無聊。如果你們對魔術抱有不切實際的夢想，還是趁早放棄吧——」

「什麼——」

聽了葛倫那不帶情緒起伏的發言，西絲蒂娜的腦袋差點化作一片空白。

她無法接受這樣的說法。

這跟葛倫當初保證的不一樣。難道他打算在這裡重演過去那一套嗎？

不能再讓他繼續上這門課了——

「……！」

喀噹。

西絲蒂娜反射性地想要站起來。

可是。

與此同時，她突然想起葛倫說過的話。

——偶爾也相信我吧。

——看我的吧。

那時候的葛倫說得信誓旦旦。

「……、…………」

西絲蒂娜默默地反芻著突然重新在腦海浮現的誓言。

沉默了半晌之後。

臂部懸空的西絲蒂娜又靜靜地坐回椅子上。

「……呵呵。」

一旁的莉婕闔上了眼睛，臉上依舊掛著充滿餘裕的笑容。

這時，講台上的葛倫像是在說「謝啦」似地向西絲蒂娜使了個眼色，接著話鋒一轉地說道：

「趁早放棄——如果是一年前的我，應該會奉勸你們這麼做。」

聞言，原先一臉困惑的小孩子們開始議論紛紛。

「沒錯，魔術確實是既可怕又危險，還沒什麼好處的東西。話雖如此……魔術似乎也未必真的那麼一無是處。」

葛倫邊抓頭邊說道。

「在這所學院裡面……有人明知有危險存在，卻還是努力試著以人類的理性駕馭魔術。有人明知有危險存在，卻還是聰穎地學習魔術，只為實現自身的夢想。也有人是藉由危險的魔術的力量，才得以誕生到這個世上，此刻仍好好活著。這些都是不爭的事實。」

「…………」

「到頭來，魔術其實是一種無色的力量。當中沒有善惡之分。你們使用魔術的目的是什麼？想如何運用魔術？你們必須自己努力思考這個問題，這才是最重要的事情……我想應該是如此吧。這當中沒有所謂固定的答案。一旦涉入魔術這塊領域，一生就如入五里霧中，只能不斷找尋自身的解答。」

「…………」

「只因為對魔術抱有夢想與憧憬，就打算進入這所學院就讀，立志成為魔術師的人……請你們再仔細思考一下吧。你們到底想要用魔術成就什麼？你們期望從魔術得到什麼？一定要仔細想清楚。沒有深思熟慮，單憑憧憬就莽撞地想投入這一行的人，最後必然失敗。不相信的話……你們眼前的這個臭男人就是最好的例子。」

語帶自嘲的葛倫，露出了溫和又不失堅定的笑容。

「對魔術做過審慎的考量後，假如依然有志朝魔術發展，依然渴望學習魔術的力量，依然對魔術懷抱有夢想的話……阿爾扎諾帝國魔術學院將虔誠地歡迎這一類人。本學院的教授和講師們會全力幫助你們實現夢想的。」

聽了葛倫的開場白後，小孩子們猛眨眼，目不轉睛地注視著葛倫。

「好了，開始上最後一堂課吧。這個嘛……主題是『現代魔術師的自我定位和生存方式』……我來向你們分享我自己來到這所學院任教後，摸索出的解答好了……」

於是。

最後一堂體驗課終於開始了。

「這堂課真的無可挑剔。」

「學姊……」

等到所有體驗課結束，小孩子離開之後，整間教室變得空蕩蕩的。

莉婕感觸良多似地開口說道：

「我想那些小朋友，應該能從今天的課程獲得很好的經驗吧。」

雖然是結果論，不過這次的體驗學習營勉強算是成功落幕了。

對一無所知的小孩子而言，這種經驗或許有些嚴酷。魔術就是一門有其嚴酷的一面，卻又深不可測的學問，也正因為如此，當中蘊藏了無限可能……葛倫所分享的這番道理確實打動了小孩子們的心。

面對只找得到雜牌成員扛大樑，可以想見結果肯定會搞得很難看的逆境，葛倫成功地翻轉了小孩子們的印象。

「對不起，學姊……」

心情沮喪的西絲蒂娜喃喃道歉。

「為什麼要向我道歉？」

「到頭來……我還是沒能幫得上學姊的忙……雖然以結果而言活動算是成功，那也是葛倫老師的功勞……」

聞言，莉婕微笑著回答：

「我必須說，妳真的做得很好啊。我以前就聽說過妳做事情很拚命了。而且——」

莉婕接著說道：

「……妳的判斷是正確的。」

「咦……？」

「總之，這次很感謝妳的幫忙，西絲蒂。這一切幸好有妳。」

「沒、沒有，過獎了……」

看到莉婕向自己深深一鞠躬，西絲蒂娜頓時感到惶恐。

「這不是只靠我一個人的力量……除了魯米亞和梨潔兒的協助以外，學生會也在背後提供支援……重點是那傢伙才是居功厥偉的人……」

「呵呵，妳和以前判若兩人呢。」

「咦？真、真的嗎？」

相對於輕笑著的莉婕，西絲蒂娜則是整個人都愣住了。

「剛入學的時候，妳自信過剩，自我意識又強烈，跟現在完全不一樣。欸，西絲蒂。妳要不要報名參選下一任的學生會長？」

「咦!?」

「我相信現在的妳，一定可以扮演好學生會長的角色……妳覺得呢？」

「等——拜、拜託不要挖苦我啦，學姊！我沒有那個能耐！」

「……哎呀，是這樣嗎？」

「就是這樣沒錯！」

西絲蒂娜鬧彆扭似地鼓起了臉，莉婕一臉笑嘻嘻地注視著她。

灑入了夕陽餘暉的教室，漸漸地變得昏暗不明。

那一天。

阿爾扎諾帝國魔術學院呈現出空前絕後的狂熱與混沌。

「「「抗議讓上流階級享有特殊待遇的現行體制——！」」」

「「「反對階級差別待遇——！」」」

中庭擠滿了殺氣騰騰的學生，他們手上高舉著抗議標語，齊聲高呼著口號。

只要受到任何一點刺激，在場的這些學生隨時有可能變成暴徒……眼下的情勢已經達到了這般一觸即發的危急關頭。

「喂、喂喂……我們學院是怎麼搞的啊……？」

「不、不知道……我也是第一次遇到這種情形……」

學院的教師，以及沒有參加抗議行動的學生，都戰戰兢兢地關注著事態演變。

就在這個時候。

「且慢——！」

透過擴聲魔術放大的吶喊聲，響徹一團混亂的現場。

「你們的訴求我已經收到了！有什麼話大家先坐下來談吧！」

眾人抬頭一瞧……

有個男子站在朝著中庭的校舍屋簷上。那個身穿豪華的※陣羽織，綁上※襷，頭上還綁著頭巾的青年是——（編註：陣羽織，日本武將穿在盔甲上的和服；襷，用於將和服的袖子或下襬紮起固定的繩子。）

「身為學院的全權交涉者，本人葛倫‧雷達斯老師大人願意洗耳恭聽——！」

葛倫耀武揚威似地宣言。

「開什麼玩笑——!?你以為我們是來這裡玩的嗎!?」

「給我下來，你這笨蛋講師！」

整個中庭旋即怒罵聲四起。

「下來就下來——喝！」

葛倫透過魔術操作重力降落到中庭。

（可、可惡～～！為什麼這種鳥事會落到我頭上啊……!?）

降落下來的同時，某個女學生正經的臉，從葛倫的腦海一閃而過。

（莉婕‧費爾瑪……那個該死的女狐狸————！）

他拚命壓抑想要一邊抓頭一邊大吼大叫的衝動，順利著地。

葛倫單槍匹馬，和殺氣騰騰的學生大軍展開對峙。

交涉就此開始——

——約一個鐘頭前。

在魔術學院學生會社辦。

「事情的開端，是一封沒有經過我們學生會，直接送往學院理事會的請願書……」

灰色頭髮和黑色眼珠，看似冰雪聰明的美少女——莉婕・費爾瑪坐在會議桌其中一個角落，她十指交織撐在嘴巴前面，淡淡地提出正題。

「若要用一句話總結那份請願書，上面的訴求是『讓學生只需付一半的報名費，就能參加學院舉辦的特別講座』。」

「原來如此。學院毫不意外地否決了那個請願，結果就導致了今天的局面嗎……」

坐在莉婕正對面，兩隻腿蹺在桌子上的葛倫，瞥了面向中庭的窗戶一眼。

從窗外傳進來的，是從今早持續到現在的抗議聲。

「問題是，從請願書被否決到動員組織發起抗議，整個過程未免進展得太快……喂，我說會長小姐啊，依我看嘛……」

「沒錯，沒經過學生會直接提出請願書，並且向學生煽風點火，這次的事件恐怕有幕後黑手。」

莉婕輕聲嘆息，如此說道。

「妳知道那個幕後黑手有可能是誰嗎？」

「經過調查後，我們已經鎖定了可疑的人物……不過當務之急還是先收拾這場抗議活動。」

「也是。情勢發展至此，只抓幕後黑手也解決不了問題。」

葛倫聳肩嘆氣。

「話說回來……大家真的那麼想參加什麼特別講座嗎？」

學院的課程一般分為必修課程和專門講座兩種，除此之外，其實還有『特別講座』存在。

大家都知道，不同的講課者，會為專門講座的內容帶來不同的特色，可是專門講座終究無法跳出課程的框架，而且講課者是由學院指派的該領域專家。

相較之下，特別講座才是講課者可以真正不受約束，自由講課的授業。因此，特別講座並不包含在學費裡面，想要參加講座的學生，便必須支付高額的參加費用給講課者。雖然只要掏出錢來就能從講課者身上學到堪稱奧義的知識，然而……

「如葛倫老師所知，受到政府制定的富國強兵政策影響，目前的體制就是崇尚實力主義。

不管出身貴賤，只要有實力就能獲得重用。政府為了推動這樣的風氣，也砸下鉅額的經費設立獎學金制度等等……結果，以前的魔術學院只有極少數的上流階級子女才有辦法入學，現在卻不把家庭背景與階級列入考慮因素，在校園裡可以看到來自上流、中產、勞動者各種階級的人。以國家發展而言，這算好的傾向，可是……」

「不同的家庭背景和階級所擁有的資產天差地遠，這種根本問題難以解決。來自中產和勞動者階級的學生很難像來自上流階級的學生一樣，能夠負擔高額的特別講座……所以才會開始抗議『不公平』嗎？」

「沒錯，這就是他們的主張。有一些人受到提倡廢除階級社會的左派思想影響，也是原因之一。有上過特別講座的學生和沒上過的學生日後做為魔術師的實力可能會拉開差距，這樣的焦慮恐怕也助長了學生的不滿。」

「受不了，年輕人就是年輕人……」

「身為學生會長，我必須收拾這場抗議行動。按理說，對校方有任何請願都必須經過學生會。像那種罔顧制度的陳情一旦開始泛濫，前人費盡千辛萬苦好不容易才跟校方爭取到的『學生自治權』，以及學生會這個執行機關的意義與權威，勢必都將遭到剝奪。」

「如果走到那一步，學院將重返獨裁經營，整體制度也將倒退到好幾十年前學生無法向校方做任何抗議的狀況、嗎？居然做出這種彷彿自掐脖子的事，那群抗議示威的學生也真夠笨的了……」

葛倫無奈地抓了抓頭。

「好吧，狀況我瞭解了。所以呢？妳要我怎麼做？把我找到這裡商量這種事，肯定有何盤算吧？」

葛倫不耐煩地瞥了莉婕一眼後，莉婕一臉誠懇地對他說：

「拜託老師務必助我一臂之力。」

「我希望老師能以全權交涉者的身分，和抗議示威的學生談判——」

「……嗄、嗄？」

「開什麼玩笑——!?」

葛倫「乓！」一聲激動地站了起來。

「要我說服那些腦充血的傢伙，怎麼可能啊!?」

「用不著說服他們停止抗爭。只需要用老師你的口才敷衍他們，拉長談判的時間……簡單地說，只要老師能暫時鎮壓住學生的怒氣，別讓他們爆發就行了。」

「……!?」

「我會趁這個時候，和校方交涉某個案件。這個案件正是處理這場抗爭的『王牌』。不過，如果抗議學生在案子談妥前就爆發，這一切將會付之一炬。總之我現在最需要的就是時間。」

莉婕用平淡、可是透著沉著意志的語氣說道。

「葛倫老師……這個任務只能交付給你了。」

「為、為什麼啊……？」

「因為你懂得誘導大眾的思考，操弄現場的氣氛，在街頭巷弄散布謠言……重點是，就算學生變成暴民，你也有辦法在不傷害到任何人的情況下鎮壓住暴動……難道不是嗎？」

「什麼……!?」

看到莉婕那彷彿能看透一個人的平靜眼神，葛倫頓時有種背脊結凍的感覺。

（這傢伙……難道她知道我本來是魔導士……而且隸屬負責特殊任務的特務分室的秘密嗎!?）

要不是她知情，便不可能會對一介講師說出這種話——

「其他學生會的成員也在我的指示下，往各方面展開行動……除了老師你以外，其他講師和教授不是對擁護學生自治的學生會敬而遠之，就是討厭應付這種麻煩事。葛倫老師……我在此拜託你。」

「……妳、妳也太看得起我了吧。」

葛倫轉過身，背對恭敬地彎腰鞠躬的莉婕。

「不好意思，麻煩妳去找其他人吧。我也只不過是個一旦站到那些殺氣騰騰的傢伙面前，就會忍不住發抖的廢材而已。」

「是嗎……太可惜了。」

「就這樣了。妳好好加油吧。」

追根究柢，葛倫一點也不想跟這個名叫莉婕的學生扯上關係。

葛倫是在之前的體驗學習營，透過西絲蒂娜認識莉婕的。

從表面看來，莉婕是個品行端正、成績優秀，堪稱完美無缺的好學生……不過，葛倫從她身上嗅到一股神祕、高深莫測的感覺。

當葛倫打開學生會社辦的門，準備逃離莉婕時——

「對了。等一下我去和校方交涉的時候……順便報告前陣子有大量魔術火藥，從學校的化學藥劑倉庫消失的事情好了。」

莉婕臉上掛著妖豔的微笑，突然如此喃喃說道。

聞言，葛倫的身體瞬間僵硬。

「不知道這件案子的犯人目的是什麼？難道是因為『想製作煙火和學生一起同樂』……應該不可能吧……？」

葛倫整張臉汗如雨下。

「魔術火藥消失？妳會不會搞錯了？根據帳簿，庫存的結算數字是吻合的啊？單純只是庫存都用光了而已吧。」

「校方好像沒人發現的樣子……可是我在那個帳本發現了三十六處不自然的地方……雖然經過巧妙的掩飾，不過原來如此，看起來確實很像只是庫存用光了而已呢……表面上是。」

莉婕笑咪咪地微笑著。

葛倫臉色一陣鐵青。

「除此之外，還有上個月把學院創設人銅像斬首的凶手、惡意欠圖書館的書不還的慣犯、以及為了防止薪水被砍半，偷偷溜進學院事務所偷走自己的反省報告將之燒掉的人等等……

哇，今天的會議該討論的事項好多喔——」

「好，偶爾為了學生奮力一搏吧————！」

不知怎的，葛倫突然充滿了幹勁。

「總之，我只要藉談判的名義設法拖延時間就好了吧？包、包在本大爺身上！呼哈哈哈哈！」

「謝謝你爽快地答應我的請求，老師。不愧是我寄予厚望的人……」

面對這樣的葛倫——莉婕同樣只是若無其事似地笑著。

——如此這般。

「與其付那麼多薪水給你這種笨蛋講師，不如讓講座參加費便宜一點才對吧!?」

「「「沒錯——！」」」

「追根究柢，除了女王陛下，所有帝國人民應該都要平等才對！」

「「「沒錯——！」」」

葛倫被氣憤填膺的學生滴水不漏地團團包圍，罵到狗血淋頭……

（可惡，那個該死的女狐狸……給我記住～～！）

滿腹委屈的他，只能噙著眼淚，不停猛打哆嗦。

另一方面——

在中庭的某個角落，有個學生躲在遠處觀察抗爭，臉上掛著得意的竊笑。

「呼……終於開始了。」

秀麗的五官。修長的身材。身上穿戴著高價的飾品，明顯就是出身高貴的男學生。

「嘿嘿嘿……一切都照阿爾馮斯同學的計畫進行呢……！」

「不愧是阿爾馮斯同學！」

此外，還有一群和蒼蠅一樣的跟班，不斷向那個高貴的男學生──阿爾馮斯拍馬屁。

「校方終於也派出了談判代表……遺憾的是，這場談判註定將以破局收場。」

阿爾馮斯自信滿滿地說道。

「這、這話怎麼說呢……？」

「道理很簡單。校方的人……尤其是握有強勢話語權的大老，盡是一些跟化石一樣的傳統魔術師……像他們這種頑固分子，絕對不懂何謂讓步。」

阿爾馮斯面露輕蔑的笑容說道。

「魔術師就是要貫徹自我的原則……向學生們施加的壓力『低頭』，答應把費用『減半』，他們是絕不可能做出這種有損身為魔術師榮耀的事。與其向學生屈服，那些老賊應該寧願去死吧。」

「噢、噢……？」

「而我們也絕對會繼續堅持『半價』這個訴求。在那邊大吵大鬧的那群呆子接受了錯誤的資訊，相信『半價』是個很合理、可以實現的數字，重點是只要有我在，就不可能發生讓步這種事。換句話說，這是一場一開始就沒有妥協點的抗爭。」

「原、原來如此……太厲害了！」

聽得一頭霧水的跟班們傻呼呼地頻頻點頭附和。

「一旦交涉陷入膠著，煩躁的學生們情緒會愈來愈激昂……我只要等到最高潮的時候在幕後稍微煽動一下，他們立刻就會搖身一變成暴民……就算暴動馬上就被鎮壓下來，未能防範於未然的學生會，其權威勢必大幅崩盤，莉婕・費爾瑪也會因此變成跛腳會長……咯咯咯……」

阿爾馮斯見獵心喜似地笑了。

「再來就簡單了！我將組成新的『學生議會』取代機能停擺的學生會！首任議長當然非我莫屬！這所學院所有的學生都要接受我的統治了！啊哈哈哈哈哈哈哈哈——！」

「我、我不是很懂啦……總之只要跟著你，我們就有好處可以撈對吧!?」

「我們會永遠支持你的！阿爾馮斯同學！」

這時——

「果然你就是幕後黑手嗎？阿爾馮斯・亞當特……」

冷不防地出現在阿爾馮斯等人面前的，正是氣定神閒似地雙手盤胸的莉婕。

「什……莉婕⁉」

「真是愚蠢。你好歹也是榮耀的帝國上院議員之子，為什麼要做出這種卑鄙的事……？」

莉婕用燃著沉沉怒火的眼神，定睛注視阿爾馮斯。

「哈、哈哈哈……問我為什麼⁉這不是廢話嗎？莉婕！因為我看妳不順眼啊⁉」

一看到莉婕，原本故作瀟灑的阿爾馮斯突然翻臉，氣憤不已地瞪視莉婕。

「一年前的學生會選戰，就憑妳這個卑微的下流階層，為什麼可以擊敗我這個高貴的上流階層⁉這種事情怎麼可能⁉有資格當上這學校的學生會長……有資格站在頂點的人，是我才對！」

「那是一場嚴格遵守公正制度舉辦的正當選舉。對選舉的結果提出質疑……等於是在侮辱所有參與了那場選舉的人。」

「哼，話講得真好聽！反正妳一定是靠那張目中無人的美貌吸引男學生，用陪睡的方式買票吧？妳這賤女人！如果不是這樣，我才不可能會輸給妳！」

「…………」

即便遭受到足以一狀告上法庭的嚴重辱罵，莉婕的神情依舊不改犀利冷靜。

「……所以呢？妳來這裡有何貴幹，莉婕？我可是很忙的喔？」

「不，只是來跟你這個主謀確認一件事而已。」

語畢，莉婕掏出了一張羊皮紙。那正是沒有經過學生會就直接送給理事會的請願書。上面除了訴求的主文以外，還有參與抗爭行動的學生署名。

「……這張請願書有什麼問題嗎？」

「我有疑問的是這段文字……『凡是學院講課者所開設的特別講座，費用全部降為半價』……這條訴求無論如何都沒有更動的餘地嗎？」

「什麼……？」

「好比說……不一定要半價，打六折或七折也能接受……你是否有意修改這段文字的解釋和條件呢？我來就是想和你確認這點。」

「噗……咯咯咯……啊哈哈哈哈哈哈哈哈哈哈哈哈哈哈——！」

阿爾馮斯突然捧腹大笑。

「莉婕，妳是白痴嗎!?事到如今怎麼可能修改內文!?唯獨那一行文字是絕對沒有議價餘地的！即使只差一折一樣免談！除非達成那段文字的條件，否則我們不會退場！請願書上面不是寫得一清二楚嗎!?妳看不懂文章嗎!?」

「……所言甚是。失禮了。」

於是，莉婕毫不戀棧地轉身離去了。

阿爾馮斯向莉婕的背影嘲諷：

「哼，妳這傢伙詭計多端，八成又在偷打什麼鬼主意吧……沒用的。現在掌握聲量的人是我。妳垮台只是時間的問題。」

「我一點都不在意自己能否繼續當學生會長……」

莉婕停下腳步，帶有氣魄地回答：

「但是我絕不允許有人侮辱敬愛的前人們拚命爭取、一手打造的傳統。這個學院的秩序……學生們的權利，由我來守護。」

「什麼!?妳行的話就試試看啊！」

兩人的視線碰撞出火花後。

莉婕無視阿爾馮斯等人的譏笑嘲弄，轉身離開了。

與此同時——

做為校方全權交涉者（自稱）的葛倫和帶領抗爭行動的學生代表移師到學院大講堂，雙方正式展開談判大戰。

「——也因此，我們學生基於平等三原理……」

「但是我拒絕。」

一臉囂張的葛倫，劈頭一句話打斷了滔滔不絕的學生代表。

「「「鬧夠了沒啊啊啊啊啊啊啊啊啊啊啊啊啊啊——!?」」」

「「「可以認真聽人講話嗎嗎嗎嗎嗎嗎嗎嗎嗎嗎嗎嗎——!?」」」

電擊、狂風、火焰彈、冷氣波、音波炸彈……夾帶著怒意的攻擊咒文如怒濤排壑殺向站在講台上的葛倫。

「喔哇啊啊啊啊啊啊——!?暫停！暫停！我一直很想跟自以為很強的人說這句台詞，沒有別的意思！對不起——！」

談判才剛開始，大講堂便發生大騷動。那畫面簡直是驚天動地、狂風駭浪、哀嚎四起的地獄。

「——所以說！我們想向校方抗議的就是，學校不應該存在階級格差！」

即便學生努力提出系統性的邏輯論述……

「唔嗯唔嗯……然後咧？」

「「「（焦躁！）」」」

「抱歉♪不小心發呆沒聽見，耶嘿嘿嘿☆」

「「「（火大！）」」」

葛倫不是態度曖昧地閃躲問題，就是裝瘋賣傻，或者做出不相干的回答，總之他把學生操弄在股掌之上，視若無物，不斷地煽動再煽動……

受到挑釁的學生也頻頻發動攻擊咒文，猛烈砲轟站在講台上的葛倫。

「咻──────!?」

葛倫身輕如燕地東奔西跑，避開猛烈的砲火。時間就在一團混亂的情況下不斷流失……

他到底有沒有心想要好好談判!?

多說無益！

當學生們漸漸認清不能再和葛倫繼續瞎攪和下去時……

「等一下！我有異議！你剛剛的發言有矛盾的地方！」

葛倫突然開竅般進入了正經模式。

「你們剛才主張說學院所有人都應該平等，這樣不是很奇怪嗎!?照你們的說法，學院的教授和講師也應該包含在內才對！」

「嗚……這、這個……」

「追根究柢，帝國法本來就有保障人民為自身的工作成果要求正當報酬的權利喔!?你們一邊說不要階級格差，卻一邊爭取你們自身的權利，這樣對嗎！」

而且葛倫提出的質疑言之鑿鑿，學生們根本無從反駁……這可以說是存心讓他們難堪。

「你們看重階級格差的問題，我也不是不能理解！可是我們這些學校職員生活也沒有過得很寬裕！你們應該也知道做魔術研究得砸不少錢吧!?講座費用會設定成那個金額有它的道理，請你們諒解一下！」

「可、可是！即便如此，應該還是有給我們學生回饋的空間吧！根據之前的學院結算報告──」

在葛倫的認真言論帶動下，學生們也重新認真地展開交涉，然而……

「啊啊，確實有那個空間沒錯！所以──我要提出幫我自己加薪的要求──！」

「「「為什麼會是這樣啊!?」」」

葛倫馬上又開始耍起無賴。

果不其然，群情激憤的學生發動了攻擊咒文猛烈砲轟。

「呼哈哈哈哈！笨蛋！如果打不中，一點屁用也沒——嗚呀啊啊啊啊啊——!?」

到頭來，談判毫無進展，雙方只是不斷平白浪費時間……

「啊啊……嗯，像這樣的工作的確只有老師才有辦法勝任了……」

大講堂的角落。

西絲蒂娜一臉無奈地望著眼前那片混沌的景象嘆氣。

「不管是誰，被那麼多人指著鼻子咒罵，肯定都會覺得狼狽不堪……那傢伙怎麼有辦法那麼厚臉皮啊……」

「老、老師他沒事吧……」

「嗯，不用擔心。威力那麼弱的咒文，葛倫不要緊的。」

魯米亞忐忑不安地觀察著葛倫的動向，梨潔兒則是一副忍不住想睡的模樣。

「還好我們事先幫老師施放了各種魔術防禦……應該不需要擔心學生的咒文會對他造成什麼重大傷害……話說回來——」

西絲蒂娜下定決心似地轉身望向魯米亞和梨潔兒。

「是時候了。現在輪到我們上場……繃緊神經吧！」

魯米亞和梨潔兒點頭回應。

「雖然有些難為情……可是為了莉婕學姊，我要豁出去了！學姊也要加油……！」

彷彿是在為不在場的莉婕打氣一般，西絲蒂娜用力握緊了拳頭——

同一時刻。

另一個地點也召開了抗爭行動對策的緊急教職員會議。

「——因為以上的理由，在下以為『半價』這個金額設定並非不切實際，各位可以接受嗎？」

單槍匹馬赴會的莉婕漸漸在談判中取得了優勢。

「原、原來如此……」

「沒想到學生會願意贊助補助金……這實在太教人意外了。」

校方代表現在拚命翻閱的那疊厚厚的文件，正是莉婕所整理出來的資金調度資料。

「我就覺得好奇，你們學生會最近怎麼變得那麼闊氣，原來……」

莉婕領導的學生會的卓越工作表現，每一筆都記載在那份資料上。

來自給畢業生的會報的募款回收率。來自學生的學生會費回收率。來自學生入學時家長的捐款。來自想要培養魔術師人才的民間企業的資金。廣告收入。來自學生會主導經營的販賣部收入……學生會靠著腳踏實地的方式積沙成塔，累積出了超乎想像的學生會預算金額。堪稱是現代鍊金術的集大成。

「如資料所示，我們學生會財政非常健全，有盈餘產生。我們學生會也一直在思索要如何將利潤回饋給學生的問題。這次的事件正好給了我們一個機會。正如我剛才所提示的，只要整理出學院目前的剩餘預算，並且和我們學生會合作的話……特別講座改為『半價』開放並非無稽之談。盼請各位積極檢討。」

吵吵鬧鬧……吵吵鬧鬧……

資金不足，降半價是痴人說夢……當初一心認定沒有希望的校方代表，開始鬧哄哄地討論了起來。

（好……到目前為止還算順利。問題在於……）

莉婕深呼吸到一半，這時——

「了不起，莉婕・費爾瑪。妳那超越學生水準的管理能力令人折服。」

其中一名校方代表語帶威嚴地說道後站了起來。

他是學院的魔術講師，年紀輕輕便晉升到第五階級的天才魔術師，哈雷・亞斯托勒。

（果然出面了嗎？哈雷老師……你是古典魔術講師的極右派分子，實力上也是拳頭夠大的人……這個節骨眼你不可能作壁上觀。）

莉婕不改犀利的表情，冷靜地做好接招準備。

「像妳這麼聰明的學生，應該早就猜出來我想說什麼了吧？答案是駁回。就算預算上有空間，我們除了駁回那個請願以外別無選擇。」

「……攸關面子問題……是嗎？」

「沒錯。」

哈雷用鼻子發出不屑的悶哼。

「我們可是魔術師。徹頭徹尾的魔術師。哪怕要打擊他人，哪怕有時必須扭曲世間的常理，也要貫徹自身的意志和慾望，這才叫真正的魔術師……要我們屈服於你們這些下等階層的人所施加的壓力，撤回過去所做的決定……我們是不可能自毀榮耀與信念答應這種訴求的。即便如此，如果你們還是執意要我們接受要求——」

在眾目睽睽下，哈雷用冰冷的視線瞪視莉婕。

「那就拿出『力量』吧。哪怕毀滅他人的希望，也要滿足自己……這就是我們的法則。這就是魔術師的法則。我不會逃跑，也不會躲起來。隨時候教。」

哈雷那充滿攻擊意味的發言，頓時讓場上瀰漫著彷彿結了一層冰的緊張感。

「…………」

莉婕不禁閉上眼睛。冷汗沿著臉頰旁邊滑落。

如果是古代也就罷了，現在的帝國已是現代化的法治國家，不允許那種以力服人的行為。

即便不被法律允許……他們這些魔術師仍堅守他們自己的一套法則。

（……重頭戲來了。）

莉婕審慎地控制住因緊張而加速狂跳的心臟，不讓犀利的表情出現一絲動搖，接著下定決心睜開雙眼。

「老師說得沒錯。我們是魔術師，不是一般市民。所以我們得顧及榮耀以及必須遵守的原則。有鑑於此……我這裡有一個提案。」

「噢？說來聽聽吧，費爾瑪。」

「是這樣的——」

做了一口深呼吸後。

莉婕緩緩道出了她的提案——

——這個時候。

當緊急教職員會議場處於一觸即發的情勢，不久前才剛展開了以談判為名的混沌大戰的學院大講堂如今則是──

「呵呵，請喝飲料～」

「「「……………………………………」」」

瀰漫著一股說不上來的微妙氣氛。

『真是的！我稍微講句人話，你們馬上得寸進尺！認真跟你們這些自我中心的人討論，只會沒完沒了！算了！總之先休息再說吧！』

「你沒資格講這種話！」在眾人齊聲吐槽下，葛倫宣布會議強制休息十分鐘。

經過一番唇槍舌劍，難免聲嘶力竭的學生們心不甘情不願地開始休息，過沒多久……

「呵呵，請喝飲料～」

「各、各位同學辛苦了！葛倫老師被你們嚇得瑟瑟發抖呢！只差一點點就成功了，喝下這個繼續加油吧！」

「……嗯。快喝。」

魯米亞、西絲蒂娜、梨潔兒三名少女不知從哪突然冒了出來，殷勤地分發飲料慰勞殺氣騰騰的學生們。

而且三人不知何故打扮成了女僕的模樣……該怎麼說呢，那畫面真的非常賞心悅目。

「呵呵，你剛才的演說十分令人感動呢。等一下也要繼續加油喔？」

「啊……嗯……」

校內數一數二的美少女們身穿女僕裝，面帶燦爛的笑容（其中一人面無表情）提供服務，受到這種溫情攻勢，原本無比激動憤慨的學生也不禁茫茫然。

「荒唐！現在不是喝這種東西的時候吧!?」

當然了，團體裡面也不乏有強烈抵抗，依舊殺氣騰騰的學生，可是……

「咿!?什、什麼嘛……人家特地為了你們泡茶耶……」

面對一臉委屈的西絲蒂娜的眼淚攻勢（假哭）……

「……啊……呃……對不起……」

他終究也無法違逆男人可悲的天性。

「嗯。快喝吧。」

「……咦？那個……可是我已經喝到肚子都鼓起來，再也喝不下了……」

「嗯。快喝吧。」

「…………」

有一部分學生禁不住梨潔兒那平淡呆板的勸誘，被迫一杯接著一杯灌下冰紅茶。

「好喝嗎？」

「……啊，嗯。非常好喝。」

「太好了。嗯，多喝一點。」

嘟嚕嘟嚕嘟嚕嘟嚕嘟嚕嘟嚕……

「咦、咦咦……？」

無論如何，多虧了可愛美少女的殷勤款待，議場殺紅了眼的氣氛才得以逐漸冷卻下來。

糾紛與熱氣令人口乾舌燥，就在這時，冰鎮到恰到好處的美味紅茶主動送上了門來，多少也發揮了影響。

學生們紛紛不敵誘惑，飢渴地喝下紅茶……

（這群笨～～蛋小子！那可是加入了舒緩情緒藥草的瑟莉卡特製紅茶喔!?快點喝光，讓沸騰的腦袋稍微冷卻一下吧！）

葛倫露出得意的竊笑。

由紅茶狂熱者瑟莉卡所調和，具有舒緩情緒作用的茶水效果立竿見影。

原先充滿了火藥味的緊繃氣氛早已蕩然無存。如今場內瀰漫的是一股慵懶的氛圍……原本說好十分鐘的休息，就這樣默默地延長到十五分鐘……二十分鐘……

（嗚……情況不妙……！）

對那個氣氛感到焦慮的阿爾馮斯連忙高舉雙手鼓掌發出聲音，試圖為其他人注入活力。

「你、你們打算休息到什麼時候？夠了！繼續談判！」

於是——

眾人在阿爾馮斯的催促下，終於重新和葛倫展開交涉。

只是，和之前的過程相比，這次的氣氛明顯心平氣和多了。

「可惡……那個講師到底是在耍什麼花招……!?」

阿爾馮斯心浮氣躁地關注著葛倫和學生的交涉。

「我本來預期他會正面跟那群笨蛋辯論，把他們氣炸的耶!?」

回想起來，狀況從一開始就不對勁。

葛倫屢次透過跟議題完全無關的雞毛蒜皮之事激怒學生，藉此宣洩學生的情緒，把他們控制在儘管情緒激昂可是又不至於變成暴民的程度。

「那傢伙根本只是想推拖敷衍嗎？這樣下去只是在浪費時間……他到底有何目的……!?可

惡，既然如此！」

按捺不住的阿爾馮斯終於親自出馬。

「不要鬧了！你們這些校方代表根本沒辦法理解階級格差所造成的弊害！由我來說明我等主張為何站得住腳！」

「噢？好啊，你來說明吧。」

過去一直躲在幕後不肯輕易出面的阿爾馮斯挺身站出，和氣焰囂張地站在講台上的葛倫展開對峙——

於是——一個鐘頭之後。

「——基於上述原因，我們提出的『半價』要求是極其妥當且正當的主張，校方沒有道理不肯接受！我們絕不妥協！」

「「「喔喔喔喔喔喔喔喔喔喔喔喔喔喔喔喔喔喔喔喔喔喔喔喔——！」」」

原本氣氛快冷卻下來的大講堂如今又再次陷入狂熱。

（咕……不好了……！）

雖然表面裝出一副傲慢又游刃有餘的樣子，實際上葛倫內心急如熱鍋螞蟻。

（可惡……以辯才而言，這個名叫阿爾馮斯的混蛋小鬼比我高明太多了……！）

後來，葛倫和阿爾馮斯繼續在談判桌上展開交鋒。

不管葛倫怎麼避重就輕地閃爍其詞，或者舉出一堆似是而非的歪理……阿爾馮斯都有辦法立刻修正軌道，以比葛倫還猛烈的言語攻勢，逐一封殺葛倫的論調。

「相信在場的同學也懷有同樣的想法──我們是齊心一志的！對不對!?」

「「「「沒錯────────！」」」」

不僅如此，阿爾馮斯還是個善於煽動人心的天才。不愧是推動這場抗爭活動的幕後黑手。

「啊～這下不行了……我已經壓不住這群傢伙……喂喂喂，王牌還沒準備好嗎？狐狸啊……」

心煩意亂的葛倫想起了那個學生會長那張假正經的臉。

（哼，搞定了……照這狂熱的程度來看……沒有問題！）

阿爾馮斯見時機成熟，開始向學生搧風點火。

「各位同學！繼續跟這個笨蛋講師乾耗下去也不會有結果！既然如此，我們也只能同心協力，站出來用直接的方式向校方傳達我們的訴求了！大家願意嗎!?」

「沒錯──！現在只剩這個方法了────────！」

學生們一被氣氛沖昏頭，愈來愈多人附和阿爾馮斯。

「展現我們的覺悟吧！」

「打破階級格差──！」

「「「「嗚喔喔喔喔喔喔喔喔喔喔喔喔喔喔喔喔喔喔喔喔喔喔──！」」」」

（嗚喔……這樣下去不行。我本來不想用這招的……也沒辦法了……！）

葛倫一臉苦澀，緊握住口袋裡用來鎮壓暴民的非殺傷性魔道具閃光石──

「老師……！學姊……！」

西絲蒂娜和魯米亞緊張得渾身僵硬。

就在這個時候──

「各位同學！請稍安勿躁！」

碰！

講堂的門猛然開啟──莉婕颯爽地登場了。

「我剛剛和校方達成了共識！學院已全面允諾了你們的訴求！」

「「「……咦？」」」

聽到那跌破人眼鏡的發言，在場的人無不啞然失色，愣著一動也不動——

「沒錯，『假如學生通過了特別講座的開課者所賦予的試驗，通過試驗的學生即可以半價參加講座』，校方確實點頭放寬條件了。」

如是說後，莉婕高舉了校方代表們親筆簽字的文件——

——

「呼哈哈哈哈！看來妳絞盡了腦汁哪，莉婕・費爾瑪！沒想到妳居然會出此奇策啊!?」

「……不敢當。」

發現自己被將了一軍的哈雷心情愉快地縱聲大笑，莉婕則是彎腰向他一鞠躬。

「原來如此！經費的來源從學生會的『輔助金』改為『試驗依賴費』！我們並沒有委屈自己接受學生的訴求，而是採用只要通過我們提出的試驗，就予以半價優惠的『溫情』做法！能找到這樣的折衷方案，也算妳有一套了！」

「是的。如果採用這個形式，師長也能保住做為學院魔術師的顏面……」

「沒錯！而且這個做法還有一個優點，就是我們可以確保參加講座的學生的素質！好吧！雖然我覺得妳怪狡猾的，不過看在妳的勇氣上，這回我就支持妳的提案！記得感激我啊！」

「……多謝老師。」

反對派的極右翼哈雷率先表態同意後，會議室的風向也一口氣底定了下來。

「不過，莉婕・費爾瑪……妳這傢伙真是深藏不露。」

在鬧哄哄的會議室中，哈雷面露氣焰囂張的笑容向莉婕說道：

「我還以為妳會仰仗妳家族的力量呢。當然了，一旦妳打出靠山牌，不管妳獻出多麼優秀的計策，甚或是威脅，我也照樣會杯葛到底。」

聞言。

「……現在的我是莉婕・費爾瑪。沒有其他身分。」

莉婕面露意味深長的笑容。

「是嗎？失禮了。哼，莉婕・費爾瑪啊……妳就放手一搏，試試看能憑自己的長才走到什麼境界吧。」

「……是的。」

——

「開什麼玩笑!?我們怎麼可能接受這種方案啊啊啊啊啊啊啊——!?」

阿爾馮斯的大叫聲響徹了喧鬧的大講堂。

「半價就是半價。我談到你們的要求了，所以你們得依照請願書的約定解散活動。」

「笑話，哪裡達到我們的要求了!?怎麼會有莫名其妙的附帶條件!?試驗制的半價是什麼鬼啊!?」

「咦?可是你們的請願書上並沒有強調『無條件』的『半價』呀……?」

「嗚!?原來，糟──」

莉婕一針見血地點出漏洞後，阿爾馮斯懊惱地皺起了臉。

「你是議員之子，應該也知道吧?契約完全就是看白紙黑字的內容。雖然有附帶條件，可是你們的要求已經在和文面沒有任何矛盾的情況下達成了。實際上……講座之後確實是改成『可以』讓學生半價參加了。」

莉婕接著從懷裡掏出一顆魔晶石向阿爾馮斯展示。

「附帶一提……關於這件事，你沒有拿解釋法爭辯的餘地。我的手上已經握有你的證詞。因為你說過的話全都記錄在這顆石頭上。」

「錄音魔術!?難、難道妳把那時候的對話給……!?」

阿爾馮斯支支吾吾地張動著嘴巴。

「啊，看來勝負已分……」

靜觀其變的葛倫雖然可以接受這樣的結果，但也是一臉傻眼。

「明明你的文章和言行舉止都充滿了濃濃的幕僚味，卻漏洞百出……說穿了你就是太過好高騖遠。所以才贏不了我。」

「妳、妳這傢伙──────!?」

阿爾馮斯索盡枯腸，試圖想出可以突破這個困境的理論與方法。

「對了！契約上的慣例不是重點！問題在於我們學生能否接受！」

見阿爾馮斯直到這個節骨眼仍在耍賴，不肯認帳，莉婕皺起眉頭。

「啊哈、哈哈哈！誰能接受這種東西啊！你們也這麼覺得，對吧!?這樣的條件根本不公平!?對吧!?」

然而──

「我支持莉婕學生會長的提案。」

「什麼……!?」

會議室的學生紛紛表態了。

「我之所以立志成為魔術師，就是為了在這個國家往上爬……」

「只要我們的機會跟上流階層一樣……只要肯給我們一個能靠努力翻身的機會，這樣就夠了。」

「沒錯，我們並不抱持不切實際的幻想，希望所有人都要齊頭式平等！」

「我們單純只想要公平競爭的機會而已！」

「繼續討價還價的話，搞不好連這個大好機會都會飛掉，我才不要那樣……！」

「試驗對我們來說輕而易舉……我們有信心一定會贏的！」

「好！大幹一場吧！」

結果眾人的反應完全出乎阿爾馮斯的意料之外，集會漸漸瓦解……

「等一下!?為、為什麼!?你們不是很喜歡公平嗎!?你們不是很討厭階級格差嗎!?為什麼可以接受這種不平等的事情!?上流階層還是一樣擁有特殊待遇啊!?到底是為什麼!?」

「你太過看輕其他人……以至於錯看了他們。」

莉婕淡淡地向可悲的阿爾馮斯說道：

「這些人並不是沉溺在追求平等的愚民。他們是時時面對與他人競爭與鬥爭的鬥士……相信自己才是獨一無二、懷有堅定自我的魔術師。」

「……!?」

「他們不是對講座費用過高抱有不滿。他們不滿的地方是，今天他們做為魔術師的實力會不如上流階層，不是因為自身才能不足，純粹只因為經濟弱勢。雖然你利用了他們的不滿……卻完全不瞭解那個不滿的本質。」

莉婕面露微笑，目送學生們帶著神清氣爽的表情離開。

「只要像這樣給予他們公平競爭的機會，他們就滿足了。想必他們為了實現目標，今後將會更努力地精進自己的魔術。」

「怎、怎麼可能會這樣……」

阿爾馮斯膝蓋一軟跪了下來。

「騙人……!?就憑他們這些下賤的下級愚民……怎、怎麼可能敢這麼狂妄……!?」

莉婕無視阿爾馮斯，走向葛倫，湊在他耳邊竊竊私語：

（其實……我早已和這場運動的核心人物們在私底下進行了協商，雙方都贊成以這個條件達成和解……）

（……什麼!?）

（呵呵。被蒙在鼓裡的只有阿爾馮斯和黏著他的馬屁精。勝負在談判開始前就已經底定了。）

（嗚哇啊……狐狸……妳真的有夠狠的……）

莉婕向錯愕地瞠目結舌的葛倫，面露冰冷的笑容。

「……好了。」

莉婕冷不防站到了阿爾馮斯面前。

「話說回來，阿爾馮斯……剛剛你好像對我做了很嚴重的指控呢……？什麼陪睡之類的……？」

轟轟轟轟轟。儘管臉上掛著明亮的笑容，可是莉婕的語氣裡透著某一種令人發寒、深不可測的感覺。

「咦？啊……嗚……？」

阿爾馮斯頓時嚇得像縮頭烏龜一樣。

（我是不知道她被罵得多難聽……）

（看來她似乎氣得要命啊……）

上天保佑上天保佑。

西絲蒂娜和葛倫眼神游移，戰戰兢兢地往後倒退。

「妳、妳想對我動粗嗎!?」

「我不會對你使用暴力……不過，你好像在背地裡做了很惡劣的事情，對吧？」

「我、我不懂妳在說什麼!?」

「脅迫、恐嚇、收買、賄賂、詐欺、暴力事件，出乎我意料的是，你甚至還涉及了違法藥品買賣……」

「……不、不要含血噴人！妳說的那些都跟我無關！」

莉婕提出指控後，阿爾馮斯瞬間一臉蒼白。

「再說，妳做這些指控有什麼證據嗎──!?」

「證據嗎？剛才我已經全部張貼在學院內的公用佈告欄了。歡迎你待會兒好好觀賞。前提是……」

這時──

突然有幾個剽悍的男子湧入了講堂。

他們是菲傑德警邏廳的警備官。

「……如果你還有自由的話吧。」

「阿爾馮斯・亞當特！麻煩你跟我們到署裡一趟！」

「咿!?咿咿咿咿咿──!?救、救命啊，爹地──！」

阿爾馮斯在警備官的扣押下，被強行帶走。莉婕冷冷地向他揮手送行。

「唉……女人真是可怕……」

葛倫精神憔悴似地抓了抓頭。

……就這樣。

暗地裡幹的諸多不法勾當被踢爆，阿爾馮斯因此遭到逮捕。

把阿爾扎諾帝國魔術學院搞得天翻地覆的抗爭騷動，就此正式落幕。

然後。

太陽下山，夜晚來臨。

「唉，狐狸，妳不會又想把我當棋子操弄了吧……？」

「呵呵，別這麼說呀，老師。」

葛倫和莉婕結伴走在菲傑德南區的餐廳街上。這一帶到處都是飲食店，空氣裡瀰漫著一股晚餐時特有的誘人香味。

「感謝老師的幫忙，今天的談判才能成功。如果不是老師，我真的束手無策了……所以我堅持向老師表示謝意。」

「呿，拿把柄勒索別人，還敢把話講得這麼好聽……算了，既然妳要請我吃飯，我就賞臉讓妳請吧……」

看到平常總是給人冰山美人印象的莉婕，罕見地露出了笑容可掬的模樣，葛倫的耳根子也不禁變軟了。

在莉婕的介紹下，兩人一路往她常常光顧的熟店移動。

「話說回來……不管是上次的體驗學習營，還是這次的騷動……看來妳是真心喜歡這間學院呢。」

葛倫若無其事似地脫口說道。

「……是啊。」

聞言，莉婕堆起微笑點頭承認。

「那間學院……在那裡我可以感受到日常，對我來說，它真的是很重要的地方。我喜歡那個可以讓我和其他人相處、分享歡笑的地方。我也喜歡那個可以跟形形色色的人互相切磋琢磨的日常。」

「……狐狸？」

「等我畢業後，就必須跟那樣的日常說再見了……我對這樣的事實沒有不滿。所以，再不久。在所剩不多的日子裡……只要能守護那平凡可是崇高的日常……我……」

莉婕說著，那張側臉看起來像是做好受難心理準備的聖者。

「……哼，我對妳家的狀況一無所知，也沒有興趣瞭解，不過……」

葛倫沒好氣地瞅了莉婕一眼。

「我說狐狸啊……既然妳有這種苦衷……一開始明講不就得了嗎？」

半晌，葛倫不客氣地開口了。

「假如妳一開始就坦率一點，或許我也會很乾脆地答應幫忙……幹嘛使出那種帶有恐嚇威脅意味的小手段……（碎碎唸）……」

沒想到葛倫會說這種話，莉婕有些訝異地微微睜大眼睛。

不久，她的臉上浮現了一抹溫和的微笑。

「……我知道了，老師。下次我會這麼做的。」

「笨蛋！我可不想再被捲入這種麻煩了！」

當兩人閒聊的時候。

「站住！莉婕・費爾瑪！」

「……!?」

一群疑似不良分子的人，不知從哪突然冒出來，遠遠將葛倫和莉婕包圍了起來。

率領那個集團的人是——

「你不是阿魯巴多斯嗎!?怎麼會在這裡!?」

「我叫阿爾馮斯！給我牢牢記好，你這笨蛋講師！」

※阿魯巴多斯……聽到葛倫刻意用這個一語雙關的錯誤名字挖苦自己，阿爾馮斯忍不住嗆道。（譯註：Albatrus，即信天翁，日本將其名為アホウドリ，有蠢鳥之意。）

「呃……阿魯……隨便啦！為什麼你會在這裡？你不是白天的時候就被逮捕了嗎!?」

「可惡……根本沒把我講的話當一回事！」

阿爾馮斯懶得再理會葛倫，重新面向莉婕，回歸本題。

「哈哈哈，很驚訝我會出現在這裡嗎？莉婕。我可是帝國議會的上院議員之子哪。有爹地這個靠山在，我很快就被釋放了！」

「嗚哇……有夠卑鄙……」

「妳應該知道我會出現在這裡的理由吧？莉婕……我當然是來找妳報仇的……！」

「…………」

被一群剽悍的男子包圍得滴水不漏的莉婕緘默不語。

「啊啊，抵抗也沒用。這些人可是我家的私人部隊，個個都是接受過正統戰鬥訓練的現役士兵。就算妳是優等生，也不可能應付得了這麼多人吧？」

「……是啊。是我忽略了……沒算到你來自那麼有權有勢的家庭……」

莉婕垂頭喪氣，彷彿已經對這個狀況感到萬念俱灰。

「太遺憾了，莉婕。我要把妳抓走。從今天起，我要為妳戴上項圈養在家裡……妳要乖乖當我的奴隸了！哈哈，妳再也無法在那個學院擁抱日常……只能過永不見天日的日子了！而妳最愛的學院也遲早有一天會毀在我的手上！啊哈哈哈哈！這只能怪妳自作自受！誰教妳這個死老百姓沒事要招惹我！」

「唉，沒想到我們學院裡居然收留了這種垃圾哪……」

葛倫露出冷冷的眼神握起拳頭，啪嘰啪嘰作響地按壓手指關節。

「哎呀，葛倫老師你想幹什麼？提醒你……我可是上院議員之子喔？敢動手打我，就走著瞧吧……」

見狀，阿爾馮斯依舊顯得從容自若。

「況且，像你這種只配當三流魔術師的垃圾講師，怎麼可能打得贏我們這麼多人呢？勸你還是放棄無謂的抵抗吧。」

「…………」

「哎，就我聽到的，這次的事情，你也是因為有把柄落到那個女狐狸手上，才受她利用而已……看在我們都跟這女人有恩怨的份上……我可以放你一馬喔？老師。」

阿爾馮斯露出深信自己必勝無疑的表情，滔滔不絕地說著。

「好了，老師。你在這裡只會礙事，最好快點滾呀啊啊啊啊啊啊啊啊啊啊啊──!?」

阿爾馮斯的身體突然被彈飛，一路往後滾。

「閉上你的鳥嘴，人渣。」

原來是葛倫朝阿爾馮斯的臉揮出了憤怒的鐵拳。

「咳、咳咳！好、好痛!?你、你打我!?你居然敢打我──！這輩子連我爹地都沒打過我！我、我殺了你！我要殺了你喔!?」

阿爾馮斯和他的私人部隊立刻爆發出了殺氣……

「老、老師……為什麼？」

莉婕不解似地眨了眨眼，詢問護著她的葛倫：

「我知道老師你很擅長戰鬥，而且心地善良，沒辦法對他人見死不救……可是我必須說你剛才惹錯了對象。對方是名為權力的怪物，單憑個人的武力制伏不了他。」

莉婕不敢置信似地搖了搖頭。

「你不可能不曉得這種道理，到底為什麼……？」

「我說啊，狐狸。妳聰明歸聰明，其實是個笨蛋呢。」

葛倫聳起肩膀搖頭嘆氣。

「一個是珍惜日常，喜歡學院的可愛女學生，另一個是放話要奪走那個日常，破壞學院的王八蛋……身為教師，當然是先扁再說啊。」

「！」

「總之，我們快逃吧！由我來找出突破口！至於該怎麼收拾殘局嘛……呃……以後再去思考吧！」（冷汗）

眼看私人部隊和擺出拳擊架式的葛倫即將大打出手——

這時——

「那可不行，老師。」

「狐狸？」

顯得格外冷靜沉著的莉婕走向前，站在葛倫身旁。

「既然老師豁出去了……那我也必須做好覺悟……」

如此喃喃自語後。

莉婕鼓掌發出聲響。

只見一大群身穿黑色套裝，看似凶神惡煞的男子，陸續從暗巷和附近的建築物裡現身，漸漸包圍住了阿爾馮斯與他的私人部隊。

「你、你們是什麼人……？」

「聽清楚了，阿爾馮斯・亞當特。我——莉婕・費爾瑪，其實還有一個名字。」

莉婕向一臉困惑的阿爾馮斯淡淡說道。

「……莉婕麗特・路奇亞洛。那就是我的另一個名字。」

「什麼！路奇亞洛？」

葛倫大吃一驚，反射性地轉頭注視莉婕的側臉。

「路奇亞洛不是自帝國建國以來，就一直管理帝國黑社會的重量級黑手黨嗎？路奇亞洛雖是黑手黨，可是對女王陛下忠心耿耿，每一代都獲頒騎士稱號，就連在帝國最高決定機關的圓桌會也佔有一席之地，是政壇的大老！狐狸……難道妳……!?」

「沒錯。我就是路奇亞洛家的繼承人，老師。」

莉婕冷靜沉著地說道後，摘下了左手的手套。她的手背上刻有『飛天雙頭龍』的圖騰……

那正是令人心生畏懼的路奇亞洛家家徽。

「什、什、什麼……!?」

看到莉婕手背上的家徽，還有一大群聽候她指揮的黑衣男，阿爾馮斯和他的私人部隊都面無血色。

「路、路奇亞洛……無論是權勢或家世背景，都遠勝我們亞當特家不是嗎……咿、咿!?我怎麼會惹上這樣的對象……完、完蛋了……我會被解決掉！嗚哇啊啊啊啊啊啊啊啊啊!?我不要——————！」

阿爾馮斯等人彷彿小蜘蛛四散奔逃似地一哄而散。

「……大小姐。您打算怎麼做？要把他們抓起來沉到悠特河嗎？」

凶神惡煞般的男子當著臉色僵硬的葛倫面前，滿不在乎地說著駭人聽聞的事。

「隨他們去吧。」

「……太遺憾了。難得有這個機會可以向大小姐展現我們的魔術。」

「如果讓那種雜魚的血弄髒雙手，會傷害到路奇亞洛家崇高的名譽。至於亞當特家嘛……呵呵，我會拜託祖父大人，請他給對方一個嚴厲的警告，以防再有類似情況發生的。」

「是……就照大小姐的意思。」

黑衣人恭恭敬敬地向莉婕敬禮後也向葛倫行禮，一下子就消失得無影無蹤。

只剩葛倫和莉婕孤伶伶地留在原地。

「我的天……妳這個人真的充滿了驚奇呢……」

經過一陣尷尬的沉默後，葛倫深深地嘆了口氣說道。

「老、老師……對不起……我……」

莉婕似乎很傷心，顯得意志消沉，態度也變得疏遠。

然而，葛倫卻只是向這樣的莉婕招了招手。

「好了啦，我們快走吧。」

「咦？」

「妳不是要招待我吃飯嗎？我肚子已經餓到快昏倒了。」

看到葛倫的態度還是跟平常沒兩樣，莉婕猛眨眼。

「呃，老師你知道我的真實身分了，還是用像以前一樣的態度對待我嗎……？」

「嗄？我是不懂什麼黑手黨的繼承人啦，總之妳不是那所學院的學生嗎？既然如此，我的態度自然也不會有變啊……以一介教師而言啦。」

葛倫鬧彆扭般把頭轉向一旁，邁步向前走。

莉婕則是目瞪口呆地注視著他的背影。

「呵呵。」

半晌，莉婕腳步輕快地衝上前，彷彿依著葛倫般站在他的身旁。

「喂，妳也靠太近了吧。不要貼那麼緊，離開一點啦，感覺煩死了。」

「哎呀？是這樣嗎？」

莉婕面露帶有揶揄意味的微笑。

「話說回來，等一下我們要去的那間餐廳……老師想吃什麼儘管點，不用客氣。」

「噢，這可是妳自己說的喔？我先警告妳，別看我這樣，我可是大胃王呢。到時可不要哭喪著臉求饒喔，狐狸。」

「……當然。」

於是，兩人就這樣拌著嘴，悠悠哉哉地前往了一般小市民的葛倫絕對不敢貿然走進去的高級餐廳。

那是某一天所發生的事。

「……所以咧？把我找到這種地方來，到底有什麼事？」

放學後，葛倫現身在冷冷清清的學院後庭，一臉不耐煩地發牢騷。

「…………」

葛倫眼前那名女學生，若有所思似地默默垂低著頭。

「喂喂喂，悶不吭聲的，我怎麼知道妳想幹嘛？如果有事的話……」

這時——

女學生下定決心般抬起頭，直直地注視著葛倫。

「嗚嗚……咿嗚……」

只見女學生的眼眶旋即湧出眼淚。

「喂、喂……？」

「我知道……跟老師說這種事情……老師一定很頭痛……嗚……大、大概會造成老師的困擾……可是……嗚嗚……」

看到少女那夾雜著決心與悲悽的表情，以及聲淚俱下的模樣，葛倫不禁目瞪口呆。

「可是……對不起，老師……我……現在……只剩老師了……」

「等……妳、妳先冷靜……」

「我什麼都願意做……只、只要是為了老師……什麼事我都願意做……所以——」

……如此這般。

就在葛倫和某個女學生之間發生了這段不為人知的插曲後的那個週末。

菲傑德南區的列斯塔大街。

西絲蒂娜、魯米亞、梨潔兒三名少女，利用休假日的時間來這裡玩。

西絲蒂娜身穿高雅的女性襯衫，脖子繫上領巾，搭配高腰的肩帶連身裙和高筒長靴。

魯米亞身穿休閒風的馬甲洋裝，圍著披肩。腳踩繫帶的中筒靴。

她們倆都換上了一身絢麗的便服，和平常穿制服時給人的感覺完全不同。

另一方面，梨潔兒似乎一直以來連假日也照穿制服，今天她同樣身穿制服，出現在集合地點。

也因為如此……

「嗯……感覺梨潔兒比較適合這套衣服……還有緞帶也別忘了……」

「欸欸，梨潔兒妳比較喜歡哪一雙靴子？」

「都可以。」

梨潔兒被西絲蒂娜和魯米亞拉著手，走進了服飾店，儼然成了可以換衣服的芭比娃娃。

「嗯，我換好了。這樣可以嗎？」

梨潔兒換上了西絲蒂娜和魯米亞精心搭配好的服裝，走出更衣室。

波浪摺邊下襬的無袖小可愛搭熱褲，以及高跟涼鞋。平常只是隨便用髮帶紮起頭髮的她，現在也換上了配色鮮豔的大緞帶。這身打扮非常適合體型近似嬌小少年的梨潔兒。

「呀～！好好看喔、好好看喔！」

「嗯！梨潔兒超可愛的！」

「雖然我不是很懂……如果葛倫看到……他會誇獎我嗎？」

「呵呵，老師一定會讚不絕口的！嗯，我和西絲蒂買下這套衣服送給妳吧？」

「……謝謝。我會珍惜的。」

梨潔兒雖然跟平常一樣沒什麼表情，看似沒睡飽，不過感覺得出她似乎覺得還不錯，兩人帶著這樣的她離開了服飾店。

「那麼……接下來要去什麼地方呢？」

「我想想……要去平時常去的書店、咖啡廳或雜貨店隨便逛逛也是可以，不過……」

西絲蒂娜手指抵著下巴，思考接下來的行程。
「啊，對了！欸……妳們倆今天想不想冒險一下？」
「……冒險？」
西絲蒂娜俏皮地向納悶的梨潔兒露出了富含深意的笑容。

在西絲蒂娜的帶領下，少女們來到菲傑德南區商店街深處中的深處。
隱藏在如迷宮般錯綜複雜的街道之後的，是一座大型的地下市場。如果不是熟門熟路的人，根本找不到這裡。
「來喔～炸雞一串只要0・8賽特銅幣，今天大特價～！」
「頭家，這塊從南原進貨的布料質感不賴吧！一梅特拉從3克列司7賽特起！」
市場的氣氛和外頭乾淨整齊的商店街完全不一樣，顯得有些雜亂無章。
民房和廣場不斷有人進進出出，路上攤販、路邊攤和小型商店林立，整條街人潮絡繹不絕，有男女老少，也有來自上流、中產或者勞動階級各個階級的人，呈現出混沌的活絡景象。
「太、太驚人了……原來菲傑德也有這樣的地方……」
魯米亞睜大眼睛，興致勃勃地東張西望。

「嚴格說來，魔導監察官的女兒不該來這種地方啦……」

西絲蒂娜面露苦笑說道。

「這裡的商業活動不受政府管制，是以獨自的市場經濟原理運作。」

「咦？這樣不是違法嗎……？」

「嗯，說穿了這裡就是完全非法的市場……不過菲傑德勞動階級的生活，跟這個市場有著密不可分的關係，所以政府也就睜隻眼閉隻眼了。我爸爸也對這個問題感到頭痛……想要剷除又剷除不了。」

「這樣啊……一旦這個地方消失了，有些人就無法生活了呢……」

「不過，也正因為不受政府管制，所以有時能在這裡找到市場罕見的貴重魔術觸媒和魔術品，以及絕版的書呢。以前祖父常常帶我來這裡尋寶喔。」

西絲蒂娜彷彿在懷念過去般，瞇起眼睛環視四周。

「今天我們就在這裡探險吧？」

「嗯～會不會有危險啊……？感覺有點可怕……」

「放心，其實這一帶治安還不錯。這一帶的管理者……呃……我記得是路奇亞洛家？有組織自警團負責警備。」

「是嗎……」

「好，我們出發吧？反正我們有梨潔兒在，不用擔心啦！」

於是，西絲蒂娜她們展開了一場脫離日常的小冒險。

西絲蒂娜如地頭蛇般大搖大擺地走在地下市場街區，魯米亞和梨潔兒則是一個心驚膽跳、一個面無表情地快步跟在她後面。

「這裡……有好多奇怪的東西。」

「嗯，感覺還滿有意思的呢。不過……這裡的商店真的好多，也不知道哪裡可以買到什麼東西……」

魯米亞說得沒錯，地下市場街區的商店總類以及商品陳列完全沒有法則可言。

從衣物、食材、燃料等生活必需品，到古董、嗜好品、書籍、武器、裝飾品等等，凡是能賣的東西，通通都帶進來上架等待有緣人……看起來就是這樣的感覺。

「嗯，其實菲傑德的地圖也沒有記載這塊區域的資訊……第一次到訪的人可能會迷路。不過我已經很熟了，不用擔心會迷路啦。」

西絲蒂娜洋洋得意地挺起胸膛。

「所以妳們兩個要跟緊我以免走失喔……啊！」

這時，西絲蒂娜疑似受到什麼東西吸引，突然拔腿衝向了路邊的攤販。

「等、等一下，西絲蒂！」

魯米亞連忙拉著梨潔兒的手緊追在後……

「這……這不是塞拉尼斯魔法工房製造的阿卡赫斯特蒸餾器嗎!?」

西絲蒂娜目不轉睛地凝視著擺在攤販上的商品之一，那是一個上頭連著導管的銅壺，屬於鍊金術用的道具。

「嗚哇，好漂亮喔……」

那只銅壺不僅被擦拭得亮晶晶，還用魔術做過防氧化處理，綻放出橙紅色的光芒，美得教人嘆為觀止。

「塞拉尼斯工房……就是那個專門製作最高品質的鍊金術道具的知名工房？」

「沒錯！我聽說已經停產了……沒想到居然能在這種地方找到！嗚哇，好想要喔……」

「這麼說來……之前溫蒂運氣好入手了一組，炫耀時還很得意地高聲笑著呢……」

對熱衷於鍊金術的魔術師而言，使用塞拉尼斯魔術工房製造的鍊金術道具，是一種地位的象徵。

西絲蒂娜就像個渴望展示窗裡的亮晶晶喇叭的少年，目不轉睛地看著蒸餾器。

此時……

「小妹妹們，眼光不錯喔。從口氣聽來，妳們是魔術學院的學生嗎？」

一副好人樣的中年老闆，笑咪咪地向三人攀談。

「那個確實是塞拉尼斯工房製造的蒸餾器，如假包換。瞧，那裡有個刻印。沒騙妳們吧？」

「唔姆唔姆……」

西絲蒂娜一臉正經地拿起蒸餾器，仔細調查重量與外觀。

接著她從背包拿出印章名冊，拿名冊上的塞拉尼斯魔術工房刻印，和商品上的刻印仔細比較。

不僅如此，她還不動聲色地觀察老闆的臉色，想看他是否有驚慌失措或動搖的反應……

「……嗯，確實是正品。」

西絲蒂娜確認蒸餾器的外觀和刻印正確，加上老闆神色自若，於是便相信這是原版的正品。

「一流的人值得一流的道具。小妹妹妳看起來就是前途無量的魔術師呢……怎麼樣？有沒有意思買下來呢？我可以給妳折扣。3里爾5克列司如何？」

「3、3里爾5克列司!?居然這麼貴嗎!?」

聽到價格，魯米亞忍不住驚訝地叫出聲來。

3里爾5克列司，就是三枚里爾金幣和五枚克列司銀幣。相當於魯米亞她們三個月份的零用錢。

「當然了，也可以把里爾換算成克列司，這樣的話就是35克列司。三十五枚銀幣。怎麼樣？這種機會可是很少有的喔。」

「西、西絲蒂……這價格實在太……」

西絲蒂娜一臉得意地向魯米亞搖了搖手指。

「呵呵……不行喔，魯米亞。在這種地方買東西，怎麼能對店家的開價照單全收。」

「咦？」

「像魯米亞妳這種老實人，在這一帶一定會被當成肥羊宰……總之，妳看仔細囉？我來告訴妳這一帶的規矩是什麼。」

於是西絲蒂娜沾沾自喜，轉頭面向老闆說道：

「欸，3里爾5克列司嗎……雖然商品狀態保持得還算不錯，可是這價格不會有點太高了嗎？」

「噢？會嗎？這可是真正塞拉尼司工房出品的道具呢？按理說應該值5里爾以上的喔？」

「是嗎……老闆你看這裡。這個部分……是不是有點使用痕跡？我看這應該是二手貨吧？款式也是舊型的了。」

「噢……？妳看得真仔細呢。可是商品狀態很不錯啊？我想應該可以正常使用吧？」

「是啊，先不論能否正常使用……嗯，我覺得賣1里爾應該比較公道吧？」

「啊哈哈哈！小妹妹，就算是二手貨，妳也砍價砍得太誇張了吧！這是叫我跳樓大拍賣嗎？這再怎麼樣好歹也值個3里爾吧……」

「我是個窮學生……對我來說3里爾也是天價數字。算了，這裡不賣，我也可以去其他地方買。」

「等一下嘛，小妹妹，既然這樣，伯伯我可以犧牲一點沒關係啦～」

兩人一來一往討價還價的過程，讓魯米亞看得一愣一愣。

最後……

「好啦，敗給妳了，小妹妹，算妳厲害！好，我以超級優惠的價格賣妳！1里爾6克列司就好，快點把東西搬走吧，妳這小偷！」

「嘻嘻，謝謝伯伯♪」

「哇……」

魯米亞目瞪口呆地嘖嘖讚嘆。

「怎麼樣？變成五折不到了。」

「好、好厲害喔，西絲蒂……」

「雖然今天的預算幾乎都花光光了……不過這可是那個塞拉尼斯魔術工房製造的喔！嗯，買到了好東西！」

西絲蒂娜笑得合不攏嘴，準備掏出錢包。

「喂喂喂，大叔。黑小孩子的錢也太惡毒了吧……」

就在這時，背後傳來了語氣中透著不耐煩的耳熟聲音。

西絲蒂娜等人轉頭一瞧——

「葛、葛倫老師!?」

只見後面揹著一個大包袱的葛倫站在那裡。

「什麼塞拉尼斯魔術工房製……說謊也不打草稿。那分明只是在外觀十分相似的東西打上了偽造刻印的冒牌貨吧。」

西絲蒂娜看到葛倫以奇妙的模樣登場固然驚訝，但更教她吃驚的，是葛倫所戳破的真相。

「咦咦——!?這是冒牌貨!?可是刻印——」

「笨蛋。被老闆的話術騙了還不知道。」

葛倫從西絲蒂娜手中搶走蒸餾器後，用手指叩叩作響地敲打。

「妳聽這聲音。不管怎麼聽，這蒸餾器明顯用了品質很爛的銅。」

「咦？咦咦？有哪裡不一樣嗎……？」

西絲蒂娜向魯米亞投以求救的目光，魯米亞搖了搖頭。西絲蒂娜她們完全聽不出差異。

「還沒完呢，妳們看。因為使用了品質不佳的銅，導致重量變得比原版還輕，所以他乾脆把內壁稍微改厚，想藉這種魚目混珠的方式增重。蒸餾器最注重就是熱傳導性能，那個塞拉尼斯魔術工房有可能做出這種偷工減料的東西嗎？」

「嗚……這、這個……」

「雖說是盜版貨，不過做工還算不差啦……以這個品質等級，合理的價位應該是5克列斯……銀幣五枚吧？」

換言之，即便西絲蒂娜成功殺價，她仍差點掏出原價三倍以上的數字，買下這個盜版貨……

「啊哈哈哈！算你厲害！老兄，你的眼睛還挺銳利的嘛！居然看得出來這是假的！」

老闆認栽，拍了一下自己的腦袋。

「拜託，老闆。來到這種地方，看到像你這種老江湖的商人，願意用1里爾的價格賣掉塞拉尼斯工房出品的道具，就知道那肯定是假貨了吧。」

「啊哈哈哈！沒有錯！看來我還不夠老奸巨猾哪！」

整個人目瞪口呆的西絲蒂娜，這時終於回過神，火冒三丈地向老闆討公道。

「太、太過分了！伯伯你居然欺騙我!?」

「哎呀呀，小妹妹妳剛才不是還說得很得意嗎？這一帶的規矩是什麼？」

「嗚咕……受騙上當的人只能怪自己……」

糗態盡出的西絲蒂娜，意志消沉到了谷底。

「呼……恭喜啊，好險沒花冤枉錢買到假貨，還不快感謝我。」

離開攤位後，葛倫和三名少女一同走在地下市場。

「……真是的，像妳這種在溫室裡長大、不懂世間險惡的大小姐，跑到那種地方到底是想幹什麼？到頭來，只會像剛才那樣被人當成肥羊剝削而已。」

「嗚奴奴奴奴……」

受到屈辱的西絲蒂娜滿臉通紅。葛倫說的都是事實，她完全無法反駁。

「唉，妳們還是快點回……嗯？」

突然感覺到有人拉了自己的袖子，葛倫低頭往旁邊一瞧。

只見梨潔兒正抬頭注視著他。

「做、做什麼？」

「…………」

梨潔兒像在表示什麼般挺起胸膛，面無表情地定睛直視葛倫。

「……？」

覺得莫名其妙的葛倫也盯著梨潔兒瞧，這次她似乎又想到了什麼主意，開始在原地轉圈圈。

後腦勺那條如尾巴般的頭髮，也隨著轉圈的動作不斷上下彈跳擺動。

「……妳在幹嘛？耍蠢嗎？」

「…………」

聞言，梨潔兒停止轉圈，貌似有些不悅地皺起眉頭。

「好痛————!?」

「……最討厭葛倫了。」

梨潔兒用力擰了葛倫的側腹一把後，氣呼呼地鼓起腮幫子，把頭別向一旁。

「……什、什麼意思啊……？」

當西絲蒂娜和梨潔兒一個失魂落魄、一個生著悶氣時……

魯米亞開口詢問葛倫：

「話說回來，老師你怎麼會來這裡……？」

「啊，嗯？妳說我嗎？」

經魯米亞這麼一問，葛倫有些不好意思似地抓了抓臉頰。

「其實我是來買禮物的……要給某個女孩子……」

「……咦？」

「什麼？」

魯米亞和西絲蒂娜瞬間全身僵硬。

「……女、女孩子……？」

「對，女孩子。跟白貓妳不一樣，對方是個會讓人情不自禁產生保護慾的可愛女孩。」

西絲蒂娜備感錯愕地低喃，葛倫挖苦似地如此回答。

「不會吧，葛倫。不用準備什麼禮物。我只要有草莓塔就滿意了。」

「誰說要送妳了！」

「…………不是嗎？」

梨潔兒微微睜大了眼睛。

以缺乏表情的梨潔兒而言，這樣已經算是相當明確的感情表現了。看來她似乎受到很大的衝擊。

「……呃……那個女孩子是……？」

「抱歉，我不能說。畢竟她很害羞。可以的話，我不希望她的身分曝光。」

「我、我猜啦……那個『女孩子』該不會只存在老師的想像中吧……？」

「白貓，妳也太瞧不起人了吧!?妳真的有那麼討厭我嗎!?」

瞬間——

西絲蒂娜立刻把魯米亞和梨潔兒拉過來，三個人湊在一起交頭接耳地討論。

「妳、妳們聽見了嗎!?老老老老師他居然要送女、女、女孩子禮物耶!?」

「西絲蒂妳先冷靜下來。好，深呼吸、深呼吸……」

「嘶～哈～……」

「妳、妳才要冷靜吧，魯米亞！妳說話的對象是梨潔兒不是我啦!?」

葛倫要送禮物給『女孩子』……

這個驚愕的事實，教西絲蒂娜和魯米亞動搖不已。

雖然梨潔兒的反應比較不明顯，但也感覺得出來她一副心神不寧的樣子。

「這麼說來，我在學校曾聽到風聲……最近好像有女學生跟葛倫老師告白……老師還點頭答應了……」

「我、我也聽過那個風聲！可、可是那終究只是謠言而言吧……？因為老師還是老樣子……也從來沒顯露出任何跡象……再、再說，那種事情絕對不可能發生在他身上……」

「不過，如果老師想要送禮的對象……就是傳聞中的那個『女孩子』呢……？」

「唔唔唔……」

西絲蒂娜深鎖眉心，低聲沉吟。

太教人好奇了。除了想知道傳言的真偽，西絲蒂娜更是有興趣知道葛倫想要送禮的那個『女孩子』到底是誰。雖然她也不曉得為何自己會那麼感興趣，總之就是好奇。

「葛倫要送禮物給我不認識的女生……總覺得無法接受。」

看似悻悻然的梨潔兒，一語道破了三人的真心話……

……於是——

「呃，老師。」

「可以帶我們跟你一起去嗎？」

西絲蒂娜和魯米亞堆起滿臉笑容，向葛倫提議。

「嗄？帶妳們一起去？為什麼？」

「咦!?呃……因、因為……老師你一定從來沒買過禮物送給女孩子吧!?」

「我、我們在場的話，說不定能在挑選禮物的時候提供意見喔……」

「女、女孩子的感性可是很重要的！老師你要送禮的那個女孩子，不是也跟我們同齡嗎!?」

「……嗯？妳們怎麼知道？」

聽到葛倫不假思索地回答，西絲蒂娜立刻焦慮得瞇起眼睛，露出銳利的目光。

（……嗚，怎麼會這樣……傳聞的真實性增加了……！）

另一方面，葛倫看到三名學生用堅定不移的眼神看著自己，不禁嘆了口氣。

「好啦好啦，雖然我不知道妳們在打什麼鬼主意……看起來就算我叫妳們回家，妳們也會偷偷跟蹤吧。」

語畢，葛倫轉身背對三人邁步離開。

「算了。跟我來吧。要跟緊喔？」

（很好！無論如何，我們一定要讓那個『女孩子』的身分和送禮的理由水落石出！）

（嗯、嗯……）

（老師想要跟誰交往、想要送誰禮物都不關我的事情！可是魯米亞妳很好奇真相對吧!?嗯！我是為了魯米亞才進行調查的！）

（咦、咦……啊哈哈……）

魯米亞也只能苦笑。

「……嗯。加油，讓『女孩子』的身分水落石出。」

儘管梨潔兒還是看似昏昏欲睡、面無表情，不過她顯得格外有勁，甚至掄起了不知不覺間鍊成的大劍，說：

「水落石出後……我要砍了她。」

「「不可以亂砍！」」

——結果，她被西絲蒂娜和魯米亞異口同聲地吐槽了。

「話說回來……其實我也不怎麼需要妳們的幫助耶……」

葛倫在地下市場邊走邊如此說道。

「什、什麼意思啊……不相信我們的品味嗎？」

「沒有不相信啦。妳們能夠幫梨潔兒搭配出一套那麼好看的衣服，品味應該是無庸置疑。」

「！」

聽到葛倫這麼說，梨潔兒不禁猛眨眼。

「……葛倫，你有注意到我的衣服？」

「呃，當然有注意到啊。」

「這樣……穿起來好看嗎？」

「嗄？當然好看了啊。不需要刻意說吧。妳要感謝魯米亞她們喔。」

「……嗯。」

梨潔兒看起來對這說法還算感到滿意，微微瞇起了眼睛。

「言歸正傳……老師說不需要我們的協助，意思是你早就決定好要送什麼了嗎？」

「啊啊，沒錯。」

葛倫一臉憔悴地回答魯米亞。

「我在這一帶逛了好一大圈，終於查出可以買到那個『禮物』的地方了……我在這裡大撒幣四處跟人收買情報，花了整整三天時間呢……啊～快累死我了……（碎碎唸碎碎唸）可惡，羅莎莉那傢伙真的一點都派不上用場。」

「三天!?」

西絲蒂娜驚訝得瞠目結舌。

（那、那個懶得出門又一點都不浪漫的老師，居然會為了女孩子的禮物苦苦尋找三天……!?）

（老、老師他是認真的……嗎……？）

（那、那種事情現在還不能確定！）

西絲蒂娜和魯米亞悶著頭講悄悄話。

「……嗯？妳們倆怎麼了？」

「沒、沒有啊……」

「所、所以說，老師你現在就是要去能買到那個禮物的地方嗎？」

「啊啊，沒錯……雖然我很想這麼講……可是在那之前呢……」

「？」

葛倫在賣關子般露出了意味深長的笑容，魯米亞和西絲蒂娜不禁一頭霧水。

「來喔，歡迎光臨～～！我們家有世上少見的珍奇異寶喔～～！那可是在別的地方找不到的至高珍品喔～～！」

「歡迎光臨！」

「啊，那邊那位大哥♪靠過來瞧瞧嘛？……等一下！」

猛然回神的西絲蒂娜倏地轉頭面向葛倫。

「為什麼連老師也學人在這裡擺攤啊!?」

定睛一瞧，葛倫已經在路邊攤開包袱，排好了商品。

「而且還擅自推派我們當推銷員～～！」

「算、算了啦，西絲蒂……」

魯米亞試圖安撫怒火中燒的西絲蒂娜。

「不過……現在適合做這種事情嗎？老師。那個……既然已經決定好要買什麼禮物了，不快點行動的話，搞不好會賣光喔……」
「啊啊，不用擔心。反正還沒開始。」
葛倫從容不迫，如此回答語帶不安的魯米亞。
「還沒開始……嗎？」
「而且，我手上的資金可能不夠……想要趁現在多賺一點錢。」
「你、你要買的東西有那麼貴嗎？」
「嗯～我也不知道該怎麼算耶……要說貴也沒錯，說便宜也沒錯。」
「……？」
聽了葛倫那自相矛盾的說法，魯米亞感到十分納悶。
「唔？雖然我不是很清楚，不過老師你為了那個『女孩子』似乎花費了很大的心力，是嗎……？」
西絲蒂娜看來就是一副很不爽的表情。
「還好啦。我之前也說過了，對方是個會讓人想要為她盡一份力的堅強好女孩。有時候會想順著她的任性，也會想為了她拚盡全力呢。」
「嗚奴奴奴……！」

至於梨潔兒則是抱膝蹲坐在葛倫旁邊，專心地凝視著擺在她眼前的商品。

「……♪」

剛才因為服裝獲得葛倫的稱讚後，她的心情就好得不得了。

「……所以呢？你賣的這些是什麼東西？」

西絲蒂娜露出傻眼的表情，瞥了葛倫擺出來的商品一眼。

詭異的鏡子、上頭有奇怪水晶的眼鏡、造型奇特的提燈等等……盡是一些怪里怪氣的東西。

「啊啊，妳說這些嗎？其實它們都是奧威爾發明出來的東西。」

「什麼……!?」

在阿爾扎諾帝國魔術學院．魔導工學科服務的天才魔導工學教授，奧威爾．休薩。他總是把過人的天分發揮在毫無助益的方面上，屢屢製造騷動，是個貨真價實的變態大師。

「這些東西都是上次我跟那個傻子打撲克牌時出老千贏來的。順道幫那傢伙實驗他的新發明哪——」

——場景回到打牌的那一幕——

「梭哈。四條和一張Ａ。」

「咕哇啊啊啊啊啊啊——!?又輸了————!可惡!為什麼!?為什麼我就是無法識破我最大的宿敵暨肝膽之交・葛倫老師的老千技倆!?」

奧威爾抱頭趴在桌上，彷彿天快塌下來似地歇斯底里地大叫。

「由我這個世紀大天才所開發的『識破老千眼鏡』，明明擁有一千萬倍的放大倍率，不管是再怎麼微小的作弊都不可能錯過!混蛋!派不上用場的垃圾!」

「一千萬倍……你用可以看見物質原子的眼鏡看東西，是想要識破什麼樣的技倆啊……?」

附帶一提，以魔導史而言，那副眼鏡使用的是領先現代一百年的魔導技術……

「還沒!比賽還沒結束!接下來換我當莊家了!做好心理準備吧———!」

奧威爾摘掉『識破老千眼鏡』，砸在地上用力踩爛。

「好，牌發完了!來吧，葛倫老師!下一回合!」

葛倫掀開拿到的五張牌一瞧，已經構成葫蘆的條件了。

（噢，運氣真好。有這組牌，我就不需要靠手指的花招偷偷換牌了……）

當葛倫想著這種事情時，奧威爾舉起不明裝置，重重地擺放到桌上。

「咯咯咯，葛倫老師。從你的表情看來，你似乎拿到了一手好牌哪？可是，那是沒有用的！因為接下來我要出老千了！」

「……什麼？好啊，請。」

「準備大吃一驚吧！這部魔導裝置就叫『大家都能簡單作弊君』！經過觀測・認識所有事象的主觀客體——即自我觀點的掌握後，從平行世界利用不確定性原理，針對最近幾分鐘內所發生的機率性變動事象，由因果律進行干涉，藉此操作『可能發生的機率』，進而自由地改變現實世界的結果，乃是一部所有人都能輕鬆完成作弊的優秀裝置！」

「等一下，你說的這個會不會太扯了？」

「呼……你是指所有人都能簡單作弊這件事嗎？」

「笨蛋！是前面的部分、前面的部分！」

「不管那個了！總之你看仔細了！現在我手上只有一堆爛牌，可是……透過言靈起動！因果操作開始！《我手上的牌・其實是・黑桃皇后同花順》！」

奧威爾嗶啵嗶啵作響地操作魔導裝置並且做出如此宣言後，奧威爾高舉在手中的牌，就在葛倫的目擊下，隨著刺眼的光芒漸漸變成皇后同花順的牌型……

「知道厲害了吧——！」

「嗚哇，太誇張了……『對確定事象進行介入操作』……最接近神的領域的男人，就在我眼前耶……」

「來吧！一決勝負！下注吧——————！葛倫老——」

「不，我要蓋牌。」

葛倫捨棄手中的牌組不賭了。

「慘了————！我都忘記還有如果發現不利可以直接放棄的規則了————————！」

「你是呆子嗎？不，你是天才……可是也是真正的呆子。」

「可惡！要操作事象就一定得透過言靈宣言！換句話說，這部裝置根本是完全沒辦法用來作弊的垃圾啊——！」

奧威爾「喀鏘！」一聲，把功能如神一般的裝置砸到牆壁上。

裝置被砸成稀巴爛的廢鐵。

「你是在挑釁這世上所有認真探索真理的魔術師嗎……？」

「還沒完呢！下一場！下一個發明是——」

「總之——那根本是地獄。」

「我完全可以想像那畫面。」

西絲蒂娜向感慨地說明了來龍去脈的葛倫嘆了口氣。

「話說回來，把休薩教授的發明搬出來賣，不會有問題嗎？」

「放心吧。我挑選的都是安全無虞的發明。好比說無須燃料也能永續發光的提燈……」

就這樣，葛倫為了籌措買禮物的資金，開始做起生意。

由於他賣的都是些看似不起眼的非主流商品，所以一開始根本沒有人願意駐足多看一眼。

「歡迎光臨～」

「啊，那邊那位壯壯的大哥！要不要看看我們這一攤賣的東西呢？」

「嗯。快買吧。」

不過，幸好有相貌出眾的美少女們幫忙叫賣，也因此陸續吸引了不少路過的客人……

「這是什麼啊!?好厲害，我從沒看過這種魔導技術！這毫無疑問是天才的作品——這、這賣多少錢!?不管開價多少我都買！我有的是錢！」

「這不是已經滅絕的夢幻特級茶葉『諾布爾・李斯托尼亞』嗎!?難道說百年前的保存品在市場上還找得到!?不可能！雖然我很想說這是假貨……可是這股味道和香氣……!?」

不少魔術師和貴族紛紛砸下令人咋舌的重金，買下那些只有內行人才知道價值的物品……

「多謝惠顧～……跟人家收這麼多錢，真、真的可以嗎……？」

「我也不知道……話說回來……」

西絲蒂娜冷冷地瞅了葛倫一眼。

「怎麼樣？老婆婆！妳看這面鏡子！這可是能映出妳最美又最年輕時期的臉的鏡子喔!?」

「哎呀哎呀我的天，好懷念啊。我也曾經擁有過這麼美好的模樣呀～」

「噢噢噢!?老婆婆，妳以前簡直是大美女哪!?怎麼樣？要不要買下這面鏡子？」

「嗯～可是又不是照了鏡子以後就能真的變年輕……」

「快別那麼說！至少內心會變年輕啊！老婆婆的人生從現在才要開始呢！這面鏡子一定能幫助妳想起年輕時代的心情，帶給妳元氣和熱情的！」

「哎呀哎呀，你嘴巴真甜呢……呵呵呵，好吧，反正我也不缺錢……這面鏡子我就買下來吧。」

「多謝惠顧～～！」

看到葛倫那得意的模樣，西絲蒂娜不禁哀聲嘆氣。

「……他真拚命。明明用不著那麼虛情假意地跟人推銷吧……」

「看來……老師果然是認真的？」

魯米亞有些落寞似地說道。

「會讓老師卯起來賺錢買禮物送她的女生……想必一定很迷人吧……」

「唔……」

魯米亞和西絲蒂娜不禁意志消沉。

「嗯。快買。否則的話……」

「咿咿咿咿咿咿——!?」

「喂——!?拿劍強迫推銷已經構成犯罪了吧——!」

「……好痛。」

另一方面，梨潔兒則是一如既往，受到葛倫用拳頭鑽太陽穴的懲罰。

等生意做得差不多後——

「嗚哇～賺得超飽的～沒想到這麼好賺，我看我別幹什麼講師了，以後專門販賣那個阿呆的發明品就好了吧!?」

葛倫眉開眼笑地轉移陣地。

「不行！破例一次也就罷了，如果繼續把那種東西拿出來賣，會讓國家陷入動盪的！」

心情不爽到極點的西絲蒂娜提出了警告。

「唉，那種事情不用妳說，我也知道啦。」

葛倫看著手上那包裝滿金幣的袋子。

「不過……有這些錢，應該綽綽有餘了。」

「……老師你到底想買什麼？這筆錢以送禮給女孩子的資金來說，也未免太奢侈了吧？」

西絲蒂娜語帶嘆息地說道。

畢竟裝在葛倫手上的袋子裡的金幣，金額多到可以讓他遊手好閒好幾年。

「嗯，妳們跟我來就知道了。」

葛倫如是說，三名少女在他的帶領下，最後來到的地方是……

一座位在地下市場街區一角、看似講堂的設施。

「這裡是……拍賣會場嗎？」

西絲蒂娜看著掛在會場的招牌低喃道。

「沒錯。這是定期舉辦的地下拍賣會，此處可以買到來源有些不正當的東西。我鎖定的就是本次拍賣的品項之一。」

「原來如此，難怪你要攢那麼多錢。」

想在拍賣會標下拍賣品，錢當然是愈多愈好。

「可、可是，在地下拍賣會標拍賣品送給女孩子，也太……」

西絲蒂娜對葛倫那一點也不貼心的表現感到傻眼，這時──

「你、你不是葛倫・雷達斯嗎!?你怎麼會在這裡!?」

耳熟的尖銳聲音叫住了葛倫等人。

轉頭一瞧──

「啊，你是──哈啾利茲・雷蒙德前輩!?」

「那是誰啊!?話說，那個名跟姓的字首拼起來就是『哈雷』，設想得也太仔細了吧!?你其實是故意叫錯我名字的吧!?」

葛倫的同事……學院的魔術講師哈雷向葛倫破口大罵，兩邊的太陽穴都爆出了青筋。

「呃……請問哈雷老師你也是來參加拍賣會的嗎？」

魯米亞用安撫的口吻問道。

「哼，沒錯。參加這個定期舉辦的拍賣會，有時可以挖到意想不到的珍寶。我絕不允許被拿出來拍賣的貴重魔術品，落入那些根本不懂它們身價的下賤傢伙手中！」

撂下這句話後，哈雷轉過身子背向葛倫等人。

「看來你似乎也打算參加拍賣會……哼，我的審美觀可是真材實料，我看上的寶物不可能跟你這低俗之輩想要的東西一樣，不用怕我會跟你搶。你就把錢浪費在沒有價值的垃圾上吧！」

哈雷用鼻子發出冷笑後離開了。

「那個人每次都這樣……他都不會累嗎？」

西絲蒂娜傻眼似地目送哈雷的背影。

「不、不過他也不是什麼壞人啦……啊哈哈……」

魯米亞也露出了苦笑。

「唉，我鎖定的拍賣品確實不可能跟哈……什麼東西的前輩重複啦。畢竟那也不是具有魔術價值的東西。好，我們進去吧。拍賣會快開始了。」

葛倫催促三名少女後，走進了拍賣會場。

（……到底是為什麼呢？明明我也不是預言家……可是我完全可以料到接下來會發生什麼事了……）

看到那兩人你來我往地不斷插旗，西絲蒂娜忍不住流了滿頭大汗。

拍賣會場內。

台下擠滿了許多相貌看似很有福氣的人種，拍賣會主席則站在打了聚光燈的中央舞台上，在他的主持下，拍賣會很快地宣布開始。

「各位紳士淑女大家好。感謝各位今天前來參加我們艾爾富多商會所主辦的拍賣會。那麼，首先第一件競標的拍賣品是——」

打扮成兔女郎的美女捧著保存在玻璃盒裡的護身符，高舉在所有賓客面前。

「這是葛拉茲魔術工房在聖曆一七〇二年限定製造的『月光護身符』。」

聽完介紹後，賓客們一陣騷動。

「『月光護身符』!?那是只要佩帶在身上，就不用害怕任何詛咒攻擊的夢幻逸品——」

「太、太棒了！是罕見的珍品呢！」

「好、好想要……！」

然而——

「——不過很可惜，這是不良品。上面的盧恩符文已經破損，加護的魔力也隨之流失了。」

賓客們瞬間失去了興致。

「什麼啊……真無聊。」

「……害人窮開心老半天。」

場上明顯瀰漫著「喪失了魔力的魔術品，讓人毫無興趣，也沒有價值」的氣氛。

「再怎麼說，它都是歷史悠久的葛拉茲魔術工房的作品……現場有哪位來賓願意為它的傳統與歷史出個價碼呢？那麼，起標價就從1里爾開始吧！」

這個時候——

「好可惜喔……魔術品一旦失去魔力，價值就暴跌了。」

當西絲蒂娜一臉遺憾地注視著台上的護身符時……

「好！那就是我要的！沒想到第一個就上場了！」

葛倫突然站了起來——

「咦？你想買那個護身符嗎!?要送禮的話，應該有比它更理想的選擇吧——」

「宣言——」

幾乎在同一時間——

（噢，葛拉茲魔術工房限定製造的『月光護身符』嗎？）

哈雷面帶竊笑——

（失去了魔力固然可惜……可是那個護身符的真正價值，在於能打造出那種逸品的精湛魔導技術以及製作者們的信念與榮耀……還有它的歷史！只會看表面的愚民，怎麼可能理解那個價值呢……！）

站了起來——

（只有我這真正的魔術師才配得上它！我要定了！）

「宣言——」

「——10里爾！」

「——我出10里爾！」

相隔了一段距離的兩個位子，同時響起了喊價的聲音。

「嗯……？」

「什……麼……!?」

站起來舉手的兩人不可置信似地面面相覷。

「嗄!?是禿頭前輩!?」

「你、你這傢伙……!?」

那兩人正是葛倫與哈雷。

「果然……嗯，我早就有強烈的預感了……」

「啊哈哈……」

「？」

西絲蒂娜乾笑了幾聲，魯米亞面露苦笑，梨潔兒則搞不清楚狀況似地歪起頭。

另一方面，賓客和主持人看到競標價一口氣暴漲十倍，無不目瞪口呆。

「呿！好，那就15里爾！」

「哼！我出15里爾！」

兩人再次同時向上喊價。

「前、前輩……!?」

「你這傢伙……！」

兩人怒沖沖地彼此互瞪。

嘰嘰喳喳嘰嘰喳喳……

會場的喧鬧持續加大。

「前輩……可以拜託你禮讓一下可愛的後輩嗎？16里爾。」

「你說誰可愛啊!?不要講那種令人反胃的話！17里爾！」

視線與視線啪嘰啪嘰地相互碰撞，猛烈到彷彿快擦出火花來。

「別這麼說嘛……其實我可是非常尊敬前輩的耶？展現一下肚量嘛？……20里爾。」

「真不要臉……！21里爾！」

「咦？前輩喊價的方式會不會太小家子氣啦？25里爾。」

「好、好吧！這是你激我的！40里爾！」

「什麼──!?」

葛倫的臉開始汗如雨下。

「咕咿咿咿……」

「嗚奴奴奴……」

葛倫和哈雷展開激烈的競標，其他人全都嚇到說不出話來。

「哎呀哎呀，居然逞強成這樣……前輩，你手上的現金夠嗎？讓你看看我的資金有多雄厚

吧，喝！」

葛倫鏘啷鏘啷作響地搖晃裝有金幣的袋子。他似乎是打算動搖對方心理。

「天啊～我好有錢喔！現在前輩是絕對拚不過我的！45里爾！」

「笨蛋！別忘了我還有這種東西！富貴之人必備的隨身物品！」

「什、什麼——!?支票!?太齷齪了！」

「反正你的資金就只有手上那袋金幣而已吧!?我才要勸你別打腫臉充胖子！50里爾！」

「那、那個……葛倫老師、哈雷老師……你、你們要不要先冷靜下來呢？」

「別吵，給我退下，白貓！」

「閉嘴！臭丫頭！」

「……遵命。」

雖然西絲蒂娜僵著一張臉試圖扮演和事佬，但面臨殺氣騰騰的兩人，也只得垂頭喪氣地退下。

之後……

「哎唷！前輩你不要太過分了！那東西明明沒什麼魔術價值啊！80里爾！」

「閉嘴！少說廢話！既然如此，那你何不放棄算了！100里爾！」

「１００里爾⁉喪失了魔力的護身符值１００里爾嗎⁉你是笨蛋嗎⁉１２０里爾！」

「你才腦袋有病吧⁉快點認清現實！１５０里爾！」

「我快瘋了，這種東西居然喊價喊到１５０⁉到底是想怎樣⁉前輩，花那麼多錢，你魔術研究還做得下去嗎⁉如果我棄權的話，前輩你豈不是得掏出１５０里爾嗎⁉１６０里爾！」

「那你快點棄權不就得了！１７０里爾！」

「你到底在固執什麼⁉你不怕沒錢做魔術研究嗎⁉１８０里爾！」

「魔術研究做不下去也無所謂，反正我就是無法接受輸給你！２００里爾啊啊啊啊啊啊啊啊啊啊啊啊啊啊啊——！」

這場競標顯然已淪為意氣之爭。情況漸漸變得一發不可收拾……

……經過激烈的攻防後——

「哈啊……哈啊……哈啊……」

「呼……呼……你這個……難纏的傢伙……！」

競標金額如今已高達３４３里爾。

由哈雷暫時取得購入權利後，情勢陷入膠著狀態。

「呃、呃……343里爾……想不到這個只是準備來炒熱今天拍賣會氣氛的護身符居然會炒到如此天價……」

場上所有人無不臉色蒼白，啞然失色。

「……白貓……妳算清楚了嗎？袋子裡有幾枚金幣？」

「呃……我算好幾次了，結果都是321里爾……不行……不夠。」

鏘啷鏘啷地計算著金幣的西絲蒂娜搖了搖頭。

「前幾天才剛發薪水，所以我的皮包裡還有22里爾……可是加起來也才343里爾……不行，在同額的情況下，前輩先喊先贏！而且規則上，接下來每次出價都要以1里爾為單位！」

「放、放棄吧，老師……這樣子根本不正常……你不惜做到這種地步，也要買這個護身符當禮物嗎……？」

「啊啊，沒錯！」

葛倫不假思索地向困惑不已的西絲蒂娜如此說道後——

「求求妳了，白貓！拜託幫我這個忙！借我錢吧！借我一枚金幣就好！」

直接向西絲蒂娜下跪求情。

「什——」

西絲蒂娜目瞪口呆。

「你、你這傢伙——!?居然開口跟學生借錢!?知不知恥啊!」

「吼，吵死了！哈魯瓦德前輩閉嘴啦！」

「老師……」

西絲蒂娜目不轉睛地看著葛倫的臉。

他的表情非常認真。他是真心想買下那個護身符，送給傳聞中的女孩子。

（……或者說，那個女孩子能讓老師做出這麼大的犧牲……）

一切都是為了心上人。雖然葛倫那副窘態看起來如此愚蠢又可笑……但西絲蒂娜卻完全笑不出來。

「……好吧。」

「西絲蒂!?」

西絲蒂娜露出像是放棄了什麼的難過表情，從皮包拿出一枚金幣，遞給葛倫。

「仔細想想，今天也是多虧你伸出援手，我才沒有被騙……就當作是回禮吧。」

「可……可以嗎？」

「嗯，請拿去用吧。不過我最多也只能借你這麼多了。我手上的現金就只有這些。如果加上這枚金幣還是買不到……就請老師死心吧。」

「太好了——————！感謝妳的大恩大德！」

葛倫站起來後，做出了最後一次的競價：

「主席！344里爾！東西我要定了——————！」

「……另一位競標者呢？如果保持沉默，這個護身符就屬於這位先生了……」

「咕、咕奴奴奴奴……」

哈雷針對自身的魔術研究預定，以及各種籌錢手段做過一番深思熟慮後……

「我、我出不了更高的價錢了……！」

他垮下肩膀，終於放棄競標。

「我贏啦——————！」

「可惡——————！」

葛倫樂得手舞足蹈。

不甘心的哈雷則氣得直跺腳。

（……不過，冷靜下來後，現在反而很慶幸自己沒有贏……）

恢復理智的哈雷流了一身的冷汗，悶不吭聲。

「……太好了呢。」

「嗯。」

「……唔。」

至於三名少女則是面露複雜的表情，注視著歡天喜地的葛倫。

「啊啊，終於……終於入手了……！好、好漫長啊……！」

離開地下市場街區後，葛倫等人回到了北區的學生街。

「接下來呢？」

「嗯？這還用問嗎？當然是立刻把護身符交給那個女孩子啊。」

葛倫用手把玩著護身符，如此說道。

「……是喔。太好了呢。」

西絲蒂娜又是羨慕又是自暴自棄似地回應，這時——

「老師！」

一名等待葛倫等人多時的少女現身了。

那名少女的名字是——

「琳恩!?」

西絲蒂娜的同班同學，給人小動物感覺的馬尾少女，琳恩‧特提斯。

「唷，琳恩。妳怎麼會在這裡？」

「那、那個……我聽說老師你今天會為了那件事去南區一趟……」

「哈哈，所以妳才跑到這裡來等我嗎……也太老實了吧。」

葛倫先是向琳恩露出爽朗的笑容……

「好了，拿去吧。」

然後把護身符拋給她。

「這……這是……」

「怎麼樣？妳要找的東西，八成就是它吧。話說回來，如果不對，那可不是鬧著玩的了……」

「不，老師放心……就、就是它……！不會有錯……啊啊……老師……謝謝你……真的……太感謝你了……！嗚嗚……！」

琳恩收下護身符後，珍惜地將它抱在胸前，抽抽噎噎地哭了起來。

（老、老師心愛的那個女孩子……）

（居、居然會是琳恩……）

驚愕的事實水落石出後，魯米亞和西絲蒂娜都啞口無言。

（不過……那也是沒辦法的事。）

可是，西絲蒂娜對這樣的結果倒是很看得開。

（琳恩雖然有點缺乏自信……不過她是個率真的好女孩……說不定跟老師還滿配的呢……）

於是，西絲蒂娜一臉釋懷，向琳恩微笑。

「那個……琳恩，恭喜妳了。要幸福喔。」

「咦？」

「老師他……雖然平常很吊兒郎當、一事無成，不過為了重視的人，他會好好振作……對了，唯獨理財妳一定要加油才行喔？不好好掌握財政大權的話，下場會很慘的……」

「……？」

琳恩不斷眨眼，一會兒後……

「啊哈哈，西絲蒂……妳是不是誤會啦？」

「咦？」

於是，琳恩娓娓說出真相。

據說這個護身符原本就是琳恩的，是她的家族代代相傳的重要寶物。

可是琳恩前陣子遭到竊賊行搶，重要的護身符也隨之不翼而飛。

儘管竊賊很快就落網，可是護身符早已被拿去地下市場脫手賣掉了。

物品一旦流入地下市場，要再找回來難如登天，連警備官也束手無策，甚至告訴琳恩最好放棄找回護身符的念頭。

「所、所以妳才去拜託葛倫老師？為了買回護身符？」

「嗯……我想說老師或許有辦法……可是我拜託的方式太笨拙了……好像……讓其他人都產生了誤解……」

琳恩內疚似地垂低眼簾。

「這個護身符……真的充滿了許多重要的回憶……我是因領地經營不善而沒落的貧窮貴族末裔……我們家在奉還欠了大筆債務的領地後，變得一無所有……只勉強保住這個護身符……」

琳恩再次把護身符摟進懷裡。

「對我而言，它是能讓我感受到故鄉和祖先的貴重物品……不過一度被偷走了……能找回來太好了……真的太好了……」

「是、是這樣呀……」

「……老師，你花了多少錢買回這個護身符呢？雖然現在我還不起……可是我會努力工作，把錢還清的……我什麼事情都願意做……所以……」

琳恩用充滿了決心的眼神，注視著葛倫。

「不用還啦。」

「咦？」

「有一間專賣贓物的店，還挺惡質的……我隨便威脅了一下對方，對方就用形同免費的價格把護身符轉讓給我了。對吧？」

葛倫在尋求同意般，轉頭望向西絲蒂娜她們。

「……？為什麼？為了那個護身符，葛倫不是花了很多——唔咕唔咕。」

「沒錯！沒錯！就是那樣！老師真的有夠像大壞蛋的！」

「嗯！妳、妳不用放在心上沒關係啦！琳恩！」

西絲蒂娜和魯米亞連忙分別從左右兩邊摀住梨潔兒的嘴巴。

「……是、是嗎……」

琳恩頻頻眨眼。

於是——

夕陽下。

「唉，該怎麼說呢……她當時當著我的面哭了起來……而且那東西好像又真的很重要……所以會心軟想替她做點什麼……也是人之常情吧……？」

和格外不好意思的琳恩分別後，葛倫等人踏上了歸途。

「是呀。老師你就是那樣的人嘛。不過，你為什麼要騙琳恩說形同免費呢……？」

西絲蒂娜半傻眼半苦笑地向憔悴的葛倫提出疑問。

「呃，妳想想……依琳恩的個性，若告訴她真相，她肯定不會收下吧……」

「這個……確實是這樣沒錯呢。」

魯米亞盈盈微笑。

「姑且不論那個……老師，你接下來要怎麼辦？你可是砸了一筆重金呢。」

「到頭來，我損失了幾乎一個月的薪水。明明薪水才剛發沒多久，我也不知該怎麼辦。而且還欠白貓錢……真的只能吃土了。」

葛倫深深地唉聲嘆氣。

「可惡……好不容易把奧威爾那個呆子的發明全部賣光，發了一筆橫財，沒想到就這樣一毛也不剩地燒光了……不僅如此，連手上原有的現金也一併吐了出去，這真的出乎我意料……唉……從明天起又要過啃犀洛特樹皮的生活了嗎……」

「唉……誰叫你那麼笨。」

「好了啦，西絲蒂。」

三名少女轉身望向葛倫。

「從明天起我們輪流做便當給老師吧。好嗎？西絲蒂。」

「咦？啊、嗯。好吧……真拿老師沒辦法！看在你為了琳恩犧牲那麼多的份上，這次就破例吧！」

「最近我也有在練習做菜喔，老師拭目以待吧？」

「哈哈哈……給妳們添麻煩了。」

「嗯。這樣的話……我也為葛倫去抓蛇和蟲子好了……要吃嗎？」

「誰吃得下去啊!?」

四人就這樣和樂融融地踏上回家的路。

White Dog

Memory records of bastard
magic instructor

不正經的魔術講師與追想日誌

Memory records of bastard magic instructor

——這個世界不存在『正義魔法使』。

我……到底是在第幾次任務後，才想通這個天經地義且單純至極的事實呢？

……我已經記不得了。

因為這些日子以來，我始終無暇回顧，只是不斷在地獄衝鋒陷陣。

因為我深信等我從地獄殺出之後，就能見到『正義魔法使』。

於是，我以根本不存在的『正義魔法使』為目標。

今天我也會和『正義魔法使』背道而馳。

並且愈來愈厭惡曾經最愛的魔術——

——

那麼做不是為了拯救誰，不是為了生存，更不是為了正義。

扣下扳機，單純只是為了殺人。

葛倫手上的魔槍《佩列多雷塔》——一發子彈隨著閃焰與咆哮，從槍口射出。

子彈在黑暗中留下一道銀色的火線，精準無比地射穿了如猛獸般向葛倫逼近的男子胸腔。

「呀啊啊啊啊啊啊啊啊啊啊啊啊啊啊啊啊啊——!?」

瞬間，駭人的慘叫聲在光線昏暗的石之迴廊持續迴盪。

中槍的男子全身被淨化的火焰燃燒，化成一團火球痛苦掙扎。

「嘖……」

葛倫邊砸嘴邊垂下手槍，默默地注視著那一幕。

這名起火燃燒的男子，其實是人稱食屍鬼的汙穢存在。

食屍鬼。雖是超越死亡的不死者，卻是下級中的下級存在。

他們是沒能成為高貴吸血鬼的『不良品』，毫無知性可言。為了維持不死身，牠們不只是吸血，連人肉也吃。即使如此，肉體的再生仍趕不上糜爛的速度，所以牠們的模樣只會變得愈來愈腐爛醜陋……食屍鬼就是一種如此可悲的存在。

葛倫剛才向食屍鬼發射的，是消滅汙穢用的淨銀彈。

鑄造淨銀彈所使用的銀十字架，來自持續吟唱了數十年鎮魂用典禮聖歌的聖堂，此外，葛倫還仔細地為子彈施行法儀式，附魔了淨化之力。

這個世上不可能有惡魔與不死者，被這種神聖子彈打中還能平安無事。

更遑論下級的食屍鬼。

這場和食屍鬼的對決，已經可以確定是葛倫的勝利。

但——

「啊啊啊啊啊啊啊啊啊啊啊啊啊啊啊——!?」

「…………」

葛倫看著那個食屍鬼痛苦掙扎的模樣，臉上的表情充滿了苦惱。

食屍鬼原本也是無辜的人類。

單純只是懷著惡意的第三者利用魔術，硬是把他們變成食屍鬼而已。

葛倫這一路殺死的好幾十隻食屍鬼，其實原本都擁有自己的人生與家族，還有自己的喜怒哀樂與幸福……

他們本來不該死得這麼悽慘。

他們不應該承受這種折磨，最後被燒成灰燼。

葛倫站在悽厲哀號的食屍鬼面前，始終沉默不語。

「……原諒我。」

不久，他下定了決心舉起手槍，朝食屍鬼射出第二發子彈。

隨著槍聲響起，火勢變得更為猛烈耀眼，驅散了黑暗。

食屍鬼一下子就化成白色灰燼，漸漸飛散消滅。

悽厲的慘叫戛然而止。

葛倫露出空洞的表情轉身離去。

他默默地走在綿綿不絕向前延伸的石之迴廊。

同時背負著『我又沒能拯救無辜的人了』的沉重悔恨。

然後，不給這樣的葛倫絲毫喘息的空間，更多的食屍鬼蜂擁而出，阻擋在葛倫面前——

…………

——我曾經想成為『正義魔法使』。

那是我自小懷抱的夢想。

『你就是我心目中的「正義魔法使」啊。』

我希望能不愧對過去曾經這樣讚美過我的青梅竹馬。

以畢業為名從阿爾扎諾帝國魔術學院中途退學後，葛倫興奮地接受帝國宮廷魔導士團的私下挖角成為魔導士，眨眼就過了一年——

不正經的魔術講師與追想日誌

Memory records of bastard magic instructor

自從經過《隱者》巴奈德的鍛鍊，銜命成為特務分室執行官代號0《愚者》之後，葛倫以帝國軍魔導士的一員，從此開啟了嚴酷的任務生活。

這次葛倫被指派的任務是，殺掉從事『以人工方式把人類變成吸血鬼』的禁忌研究的邪道魔術師——華鐵盧卿。

這起任務的開端，始於發生在華鐵盧領地，一連串老百姓不明失蹤的事件。

帝國宮廷魔導士團傾全力秘密調查後，證實了這一連串不可原諒的事件，其元凶就是華鐵盧卿。他把領地內的居民都抓去充當邪惡研究的素材。

為了制裁華鐵盧卿，葛倫潛入了他的城堡，擊退在城內徘徊的無數食屍鬼後，終於成功抵達最深處——

「為什麼!?為什麼你們就是無法理解這個偉大魔術的意義!?」

華鐵盧卿向身穿魔導士禮服出現在他眼前的葛倫大聲喊道。

「吸血鬼是偉大的存在！超越人類智慧的力量！超越死亡的生命力！我努力想為人類的進化做出貢獻，為什麼你們無法理解這個崇高的意志!?」

高貴的壯年紳士甩動著高級的及膝長大衣——華鐵盧卿歇斯底里地向葛倫咆哮。

此地是華鐵爐卿的城堡最深處——秘密地下研究室。

這間研究室彷彿石造的昏暗地牢，裡頭雜亂地擺設了各式各樣的拷問器具、魔道具及手術用具。那些器具全都濃濃地沾附了一股刺鼻無比的血腥味和屍臭。

不僅如此，研究室的中央擺設了好幾架上頭刻有奇妙魔術式的手術台，上頭都躺著四肢被鎖鍊綁住的人——而且那些人就各種層面而言，已經『被弄壞』了。

「追根究柢，你們這些愚蠢的人，也沒有資格知道我研究的意義——」

華鐵爐卿神智不清似地吼叫著意味不明的主張。

（可惡！難道人都死光了……沒有需要救助的人嗎……!?）

葛倫無視華鐵爐的瘋言瘋語，忍著嘔心反胃的衝動，拚命環視四周的手術台，試圖找出還保有人類樣貌的倖存者。

然後，在那片慘不忍睹的殘酷景象中——

（——找到了！）

葛倫找到了唯一一個『沒被弄壞』的倖存者。

那個人剛好就在鬼吼鬼叫的華鐵爐卿背後的手術台上。

一個赤身裸體，擁有一頭美麗的烏黑秀髮，年約十五歲左右的少女被鎖鏈繫著，看似毫髮無傷地陷入沉睡。

雖然面色如土，不過看得出她的胸口不斷微微地上下起伏。

（那傢伙還有救！非救她不可！我是『正義魔法使』！）

一度萎靡的意志又突然奮起，葛倫向華鐵盧卿大喊：

「吵死了，閉嘴！不如快點解放你後面的女孩子！」

「哼，做夢！去死吧，你這軍方的走狗！《嘶吼吧火焰獅子》！」

華鐵盧卿置若罔聞，以一節詠唱唱咒。他試圖超高速發動黑魔【炸裂吐息】，把葛倫燒到連骨頭都化作灰燼。

華鐵盧雖然墮入了邪道，不過他在國內可是名聲響亮的超一流魔術師。

就憑葛倫這個三流魔術師，就算天降奇蹟也不可能靠魔術戰打贏他。

——然而。

「什、什麼!?」

下個瞬間，華鐵盧卿驚愕地瞪大了眼睛。

對他而言，使用起來比呼吸還簡單的咒文並沒有發動。

定睛一瞧，展開了突擊的葛倫手指上夾著一張阿爾克那塔羅牌。

看到那張卡片，華鐵盧卿的表情立刻充滿了驚恐。

「愚、愚者的阿爾克那塔羅牌？難道你是那‧‧個——!?」

「喔喔喔喔喔喔喔喔喔喔喔喔喔喔喔——！」

葛倫速度飛快地拉近距離後，將手槍的準心對準了華鐵盧卿的眉心。

接下來只剩扣下扳機而已。

就在葛倫有信心拿下勝利時——

「什麼——」

葛倫不由自主停下腳步。

槍口的正前方——突然冒出了一名少女。她像在用肉身保護華鐵盧卿，張開雙臂擋在葛倫面前。

不會有錯。

她就是剛才躺在華鐵盧卿後面手術台上的那個黑髮少女。

不知道她的力量到底多大……原本限制住少女四肢自由的鎖鏈被扯斷了。她的眼睛紅如鮮血，失去了血色的皮膚顯得冰冷蒼白，嘴巴外面露出一截格外尖銳的犬齒，閃耀著令人不寒而慄的光芒。

看到少女那明顯非比尋常的模樣，葛倫立刻恍然大悟。

「你這混帳……難道……你把她給……!?」

「嘻、嘻嘻嘻……看、看來，似乎在緊要關頭趕上了……！」

躲在少女背後的華鐵盧卿，喜不自勝地大聲嚷嚷。

「終於……終於成功了……！她跟之前的食屍鬼不一樣！我終於成功地以人工的方式把人類變成吸血鬼了！她就是初號成品！」

剎那，葛倫感受到一股被閃電劈中後腦勺的衝擊。

換句話說——葛倫已經無法拯救那名少女了。

葛倫沒能趕得及。再次拯救不了無辜的人。

葛倫彷彿不惜把臼齒咬碎般，咬牙切齒。

吸血鬼少女如猛禽撲向失魂落魄的葛倫，毫不留情地揮舞手臂。

明明少女的手臂是那麼纖細，卻有股不知從何湧上的力量，噴射出衝擊波逼近葛倫。

「可惡……!?」

葛倫早已替自己附魔了白魔【體能爆發】，注入更大量的魔力提升效果，接著利用瞬間增強的身體能力逃離現場。

千鈞一髮。少女猛力揮下的手臂沒有劈中葛倫，衝擊的餘波把四周的手術台破壞得支離破碎。

「呼哈哈！她是被檢體三六五號『卡蜜拉』！當然，我已經用咒術把她設定成只會完全服從我的命令了！接下來只剩最後調整！」

華鐵盧卿「啪」地甩動大衣，縱聲大喊：

「卡蜜拉，聽我的命令！『殺掉那個男人』！『殺掉那男的，然後吸光他的鮮血』！如此一來……妳就是真正的吸血鬼了！從此昇華為在黑暗中自由來去、隨心所欲地吃人，無敵且至高的存在！」

「是的，主人……遵命。」

名為卡蜜拉的吸血鬼少女，骨碌碌地轉動眼珠，直勾勾地注視葛倫。

「喂！妳聽得見我的聲音嗎!?」

葛倫拚命向卡蜜拉喊話。

「……聽、聽得見……」

這時，卡蜜拉突然呼吸急促，貌似痛苦地回答道。

「我來救妳了！妳千萬別聽那傢伙的命令！我之後一定會救妳！我保證！所以——」

葛倫大聲地喊著連自己聽了都想吐的偽善台詞。

然而──

「抱歉，不知道名字的陌生人。我無法違抗主人的命令。」

卡蜜拉頂著苦悶的表情喘息。

「如果我試圖反抗……全身就會感到滾燙、疼痛加劇，痛苦得幾乎教我瘋狂……！嗚咕……！啊啊啊啊啊啊!?」

只見卡蜜拉全身浮現出鮮血般的赤色圖騰，漸漸發熱。

「《隸屬刻印》!?可惡，居然連那個也用上了──！」

「沒錯。而且……我現在覺得好渴……血……我想吸活人的血……我想殺人，然後喝下溫熱的鮮血潤喉……明……明明我也不想那樣……嗚啊啊啊啊啊啊──!?」

少女在壓抑某種衝動般，對自己的頭頸又刮又抓，痛苦地蹲在地上呻吟。

「啊啊，好暗……好冷……好熱……！好痛苦!?彷彿我不再是我……！誰、誰來……誰來救我……！」

那個模樣悽慘得教人不忍直視。

「可惡──────!?」

不死者化是不可逆的現象，所以這名少女已經沒救了……凡是像葛倫這種有一定程度的魔術造詣的人，都很明白這個事實。

既然拯救無望，也只能讓她解脫了。

淨銀彈對吸血鬼同樣有效。只要射中心臟，吸血鬼必死無疑。

就在葛倫準備舉起裝滿了淨銀彈的手槍，瞄準卡蜜拉的時候——

卡蜜拉突然抬眼看著葛倫，一臉悲痛地喃喃說道：

「……為什麼……？為什麼你這麼晚才來……？」

「——————!?」

卡蜜拉的怨言，讓葛倫睜大眼睛。

葛倫的時間，在那瞬間陷入停滯。

無論是扣在扳機上的手指，還是移動身體的雙腳，全都完全石化了。

（……是我的錯嗎？如果我能早一點趕到……這女孩就有救了嗎？）

年輕人特有的、憑空產生的傲慢自責，漸漸撕裂了葛倫的精神。

（如果我更有能力的話……或許就能趕上了嗎？或許她就能得救了嗎？）

一旦成了這個念頭的囚徒，就沒辦法再從那個畫地自限的念頭跳脫。葛倫扣在扳機上的手指完全僵住了。

經由瞄準器鎖定了卡蜜拉的槍口，只是不斷抖動。

——吸血鬼不可能會放過這樣的破綻。

「啊啊啊啊啊啊啊啊啊啊啊啊啊啊啊啊啊啊啊啊啊啊啊啊啊啊——!?」

卡蜜拉按捺不住似地發出尖叫後，以快到在肉眼留下殘影的速度撲向葛倫。

她的右手長出了尖銳又漆黑的指甲——上頭充滿了致死性的咒力。

她的爪子直直地刺向動彈不得的葛倫——

眼看葛倫的胸口就要被刺穿時——

轟！

葛倫的四周突然颳起一陣強風，硬是把卡蜜拉吹飛。

「呀——!?」

「什——這、這陣風是——？」

回過神來，不知不覺間有一群尺寸迷你的風之精靈少女，彷彿保護葛倫般在他四周跳舞。

然後——

「葛倫！」

一陣風吹到葛倫身旁。

一名少女和風的上位精靈《風狼》同時現身。

在狂風中飄搖擺盪的美麗白髮。上頭別著潔淨無瑕的羽毛髮飾。

眼眸綻放出溫和而不失堅毅的光輝。琥珀色的虹膜讓人聯想到暮色。

皮膚白皙如雪。遍佈全身的紅色圖騰充滿神秘。

身穿魔導士禮服的她，體態苗條纖細。可是完全不帶弱不禁風的感覺。

那個宛如女武神般的少女是——

「賽拉!?」

帝國宮廷魔導士團特務分室執行官代號3，《女帝》賽拉・希瓦斯。

帝國軍首屈一指的《御風者》。

在狂風中率領著無數風之精靈的她，即便來到這個陰森而慘絕人寰的地底，依舊顯得勇敢，美麗到教人不禁魂不守舍——

「葛倫，你還好嗎!?太好了，趕上了！」

「妳不是應該跟阿爾貝特一起在外面抵擋敵——喂！小心後面!?」

卡蜜拉像要讓賽拉沉入血海般，伸出銳爪發動攻擊。

以賽拉為中心，現場旋即颳起一陣旋風。

卡蜜拉又一次被強勁的風壓轟飛得老遠。

「嗚——!?可惡——」

卡蜜拉頂著逆風讓身體恢復平衡，宛如野獸般一次又一次向賽拉發動攻擊，可是結果如出一轍。

強烈的風、溫和的風、狂暴的風、銳利的風、苛虐的風、英勇的風——跟在賽拉四周的風之精靈自由自在地產生出各式各樣的風，完全不給卡蜜拉接近的機會。

——那女孩就交給我來應付吧。

賽拉像在如此說般，吹起了陶笛。

陶笛的清澈音色隨風擴散。

那是南原的某支高貴遊牧民族秘傳的特殊精靈使役術。

由那個陶笛所吹出的樂音具有令咒的效果，藉此隨心所欲地操縱精靈。

現場彷彿成了風所支配的王國。

而賽拉就是統治風的女帝。

即便是力量大幅超越人類極限的吸血鬼，想要突破賽拉所控制的無數風陣，終究也不是易事。

如今，賽拉只憑一己之力就將吸血鬼徹底封鎖住了。

「卡蜜拉，妳在做什麼！快、快點幹掉他們——！」

沒想到己方會陷入劣勢，華鐵盧卿不禁歇斯底里地大吼大叫……然而，下個瞬間。

喀嚓。華鐵盧卿的耳邊響起了拉動擊錘的乾硬聲響。

一股冷冰冰、沉重的觸感抵在太陽穴上。

華鐵盧卿戰戰兢兢地往旁邊移動視線……

「咿——!?」

神不知鬼不覺地摸上前來的葛倫，把槍口抵在華鐵盧卿的側頭部上。

葛倫的表情有如厲鬼——

而且華鐵盧卿的魔術早已被葛倫的【愚者世界】徹底封死。

「求、求求你……饒我一命吧——」

華鐵盧卿低聲下氣地求饒，葛倫沉默不語。

「……去死吧。」

之後，葛倫毫不猶豫地扣下了扳機。

不正經的魔術講師與追想日誌

Memory records of bastard magic instructor

一聲槍響。飛濺而出的黏性液體，啪啦地噴灑在牆壁和地板上。

這起慘絕人寰的事件，也隨之宣告落幕。

戰術戰果：成功擊潰S級邪道魔術師拉斯・華鐵盧卿。順利回收遺體與研究內容。

最終確定犧牲者數：365名。

救出倖存者數：0名──

『──以上就是本次任務的最終報告。』

從貼在耳邊的寶石型通訊魔導器傳來了語調缺乏抑揚頓挫的男性聲音。

特務分室的年輕室長，執行官代號1《魔術師》伊芙・依庫奈特率性地雙腳上下交疊，放在辦公桌上，聆聽著男子的報告。

這裡是特務分室的專用辦公室，位在帝都的帝國宮廷魔導士團本部《業魔之塔》。

伊芙正透過寶石型魔導通訊器，聽取本次華鐵盧卿討伐作戰的結果報告。

「戰果豐碩不是嗎？幹得好。」

聽到超乎預期的好消息，伊芙笑得志得意滿。

『…………』

「雖然你擊破的敵方人數也還是一樣如同鬼神般的戰果，不過葛倫這次立下的戰功跟你相比有過之而無不及，堪稱偉業呢。幫我告訴他，我很欣賞他的表現。」

伊芙向通訊器另一端的人致上讚美之詞。依照我策畫的作戰執行的任務，成功也是理所當然——對於總是擺出這種姿態的伊芙而言，誇獎部下是非常罕見的情況。

「話說回來，那個人工吸血鬼……我記得叫被檢體三六五號『卡蜜拉』嗎？我唯一不滿的地方是居然讓她跑了。華鐵盧卿一死，從《隸屬刻印》獲得解放後，她立刻就逃走了……這種程度的情況，不是早該預料得到的嗎？」

『沒錯。問題是，一開始我們沒料到會有這個敵人，況且她又是個吸血鬼。無論如何，我認為一旦她決心要逃，想要當場拿下她絕非易事。』

報告者——執行官代號17《星星》阿爾貝特・弗雷澤淡淡地回答道。

「哼，我知道。反正我也不期待葛倫那個三流魔術師能做到那麼完美。話說——」

心情大好的伊芙冷酷地說道：

「看來葛倫已經被栽培成堪用的棋子了嘛？」

『…………』

或許是心情格外愉悅的關係，即使阿爾貝特在通訊器另一頭固守沉默，伊芙依然滔滔不絕地說著：

「再怎麼樣，華鐵盧卿可是難纏的高手。如果憨直地從正面發動攻擊，我方的死傷肯定非常慘重！實際上，軍方已經有不少高強的魔導士死在他的手上。可是葛倫居然乾淨俐落地殺掉了那麼難纏的敵人！我真的笑到合不攏嘴呢！」

『…………』

「總而言之，被檢體三六五號的後續追蹤和處分，我們這邊會接手進行。你們立刻返回帝都吧。還有堆積如山的案件，等著你們處理呢……」

接下來要派遣什麼樣的任務給葛倫他們呢——

伊芙隻手翻動文件，為今後做打算，這時……

『……關於接下來的案件。』

緘默了好一陣子的阿爾貝特，沉重地開口了：

『我和賽拉也就罷了。能否讓葛倫稍微休息一段時間呢？』

「嗄？為什麼？」

『……現在他處於精神疲憊的狀態。』

「為什麼？他身為新人，毫不費吹灰之力立下了這麼大的功勞，到底還有什麼不滿？發生了什麼會讓他感到疲憊的事嗎？難不成又是……？」

『沒錯。「到頭來還是沒救到任何人」……這個事實把他逼到絕境了。』

「他是笨蛋嗎!?」

原本大悅的伊芙立刻垮下一張臉，火冒三丈。

「本次任務只有一個重點，就是確實收拾華鐵盧卿，別讓他逃走——這我不是強調過好幾次了嗎!?眼下的情況本來就不期待還能救回倖存者！我耳提面命強調了那麼多遍，他還是聽不懂嗎!?那個笨男人！」

『…………』

「哼！自顧自扮演『正義魔法使』，自顧自失敗，自顧自心灰意冷，軟弱到這個地步，也太誇張了！幫我罵他一句少丟人現眼了！叫他是時候放棄不切實際的夢想，認清現實吧——」

這時——

『……妳平時不會那麼潑辣啊，伊芙。一點也不像妳的風格。』

阿爾貝特向沒發現自己正在暴怒的伊芙，冷冷地回嘴道。

『工作時向來公私分明的妳，唯獨面對葛倫的時候，會控制不住情緒。』

「……是你想太多了。」

伊芙不耐煩地咂了聲嘴後，意興闌珊地回答：

「反正你們快點歸隊。現在任務堆積如山，最缺的就是人手。懂了嗎？我沒有閒情逸致去體貼他的軟弱。」

『瞭解。那麼，簡易報告就此結束。近日會再提出報告書說明詳細情況。』

阿爾貝特如同既往公事公辦地淡淡回應後，準備直接切斷通訊。

「……等……等一下，先別掛斷！」

察覺到那個意圖的伊芙，一臉彆扭地低喃。

『怎麼了？還有什麼聽過報告後還不明瞭的地方嗎？』

「…………」

伊芙拿著通訊魔導器貼在耳邊不發一語，一會兒後——

「……仔細想想，葛倫還只是個菜鳥，可是最近一天到晚都在出任務呢。」

『是啊。』

「哼，他好不容易才長成堪用的棋子，要是現在就精神崩潰的話也很麻煩……好吧，他想休息的話，就讓他休一陣子吧。」

『…………』

「順便讓他的保母（賽拉）也放個假好了。告訴她好好安慰葛倫，把他哄乖一點。」

『瞭解。我會帶話給她。』

「事先聲明，我突然改變念頭，沒有其他用意。單純覺得這樣做能更有效率利用棋子罷了。請你不要誤會……怎麼？你幹嘛突然不講話……」

辦公室的角落，有個男子露出無比冰冷的目光，注視著語帶不快地交談的伊芙。

「葛倫・雷達斯……這次又活下來了嗎？」

這名以有些意外的語氣喃喃自語的男子，名叫賈提斯・羅凡。

隸屬帝國宮廷魔導士團特務分室，執行官代號11《正義》。

「真是奇怪。根據我的計算……他每次出任務的戰死機率都很高，然而直到現在仍好端端地活著……這傢伙明明是個三流魔術師，卻有很強的狗屎運。」

賈提斯藏了一套類似未來預知的行動預測術。

固有魔術【尤絲蒂雅的天秤】。

賈提斯對這套行動預測術的準確度抱有相當大的自信，可是最近用在葛倫身上卻頻頻失算，這教賈提斯非常不滿。

追根究柢，對於以自身的絕對正義為信念制裁邪惡的賈提斯而言，不知天高地厚自詡『正義魔法使』的葛倫，宛如長在眼睛上的肉瘤，原本就是一種礙眼的存在。

「算了。僥倖不可能一直持續下去。好……」

這次賈提斯派了監視用的人工精靈，悄悄地跟蹤葛倫。

他把那個人工精靈傳送的所有資料都改成數值和數式，接著在腦內執行數秘術，計算葛倫最近的未來。

於是……他得出了意外的結果。

「……原來如此。結果是這樣啊。簡單地說……他這次終於死定了嗎？」

賈提斯愉快似地露出了滿意的笑容。

「沒想到之後居然會出現這種發展。照這個劇本發展的話，葛倫的倖存率只有9・92%……即便重複十次也不見得能活下來一次……可說是必死無疑。」

賈提斯冷酷地撂下這句話後，走到辦公室外頭呼吸外界的空氣。

「話說，他竟然會被感情沖昏頭，做出那種選擇……偽善者就是偽善者，真是可笑。和我的絕對正義根本沒得比。他的眼界不過如此狹隘。」

賈提斯不打算向任何人報告這個計算結果。

一來，賈提斯一開始就向其他人隱瞞了這套行動預測術；再者，對賈提斯而言，葛倫不過是個靠運氣苟延殘喘的可笑男子。

「在我執行正義時，他既幫不上忙，也礙不了事……不用管他了。」

如此喃喃自語後。

賈提斯帶著意味深長的笑容，從高塔的走廊離開了。

……

……我曾經想成為『正義魔法使』。

讓我產生這個目標的契機是什麼？

我試著在記憶中翻找，那已經是很久以前的陳年往事了。

回過神來，我發現自己獨自在黑暗中打哆嗦。

我不知道更早之前發生了什麼事情。對此沒有任何記憶。

我只感受到身體動彈不得。全身都麻痺了，還伴隨著頭痛欲裂。

所以我非常害怕且不安，只能祈禱有人來救我。

不正經的魔術講師與追想日誌

Memory records of bastard magic instructor

救命。救命。誰來救救我。

我不停地哭泣吶喊，幾乎快瘋了。

心裡充滿了絕望，以為自己將要和黑暗融為一體死去。

然而……那個人毫無預兆地，突然出現在我面前。

「……在那裡的人……是誰啊？」

讓人誤以為是女神降臨的美麗臉龐。

即便渾身是血，可是那斑斑血跡卻像是勳章，讓人看了非但不會害怕，甚至肅然起敬。

那個人輕輕鬆鬆地拯救了跌入絕望深淵的我，她是擁有傾城美貌的魔法使……而且是世界最強的魔法使。

儘管當時的我仍是個不懂事的小孩，不過我深深相信，那個人真的是實力強大的魔法使。

因為她輕易地就將我從那麼深的絕望、從地獄裡拯救出來。

現在回想起來……或許那個人根本沒有想那麼多。

那個舉動，單純只是她一時心血來潮而已。

不過我還是很開心。她願意救我，真的讓我非常感謝她。

至少……跟每次總是慢了一步的我不一樣，那個人及時趕上了。

所以那個人一定是真正的正義魔法使。

對年幼無知的我而言，那就是世界的一切、無庸置疑的事實。

所以我對那個人產生了崇拜之情。

一來是我深受那個人帶我認識的，不可思議魔術世界吸引。

二來是因為我喜歡魔術，所以想要爬上魔術的最高巔峰。

我只是用小孩子的單純思考模式，崇拜那個人、希望自己變得跟那個人一樣。

我希望可以變成能力強大的人，如此一來才能拯救像當時的自己一樣在絕望中啜泣的人，才能向他們伸出援手。

到底該怎麼做，我才能變得像那個人一樣？我才能接近她呢？

和那個人一起生活的日子裡，每當她洋洋得意地向我展現形形色色的魔術時，我都會拿這樣的問題詢問自己。

有一天。我和那個人一起看了一本書。

那本書的名字是『墨爾卡斯的魔法使』——一部關於正義魔法使的故事。

這就是我追求的身影。

那個時候我是這麼心想的——

「………」

那一天，葛倫在《業魔之塔》的兵舍臥房醒來。

解決華鐵盧卿之後，已經過了好幾天的時間。

因為任務的交接和各種手續的辦理，葛倫遲至昨天才返回帝都。

或許是累積了不少長途旅行的疲勞吧，從煞風景的臥房窗戶射入的陽光角度判斷，自己似乎一口氣睡到快中午才醒來。

上級不知為何突然要自己休息一段時間，現在葛倫手邊沒有任務需要執行。

雖然稍微睡晚一點也不會有任何問題，可是……

「可惡，睡太晚了……不能再拖下去了……」

葛倫像被什麼事物催促般地爬起床，換上魔導士禮服。

接著他匆匆忙忙地離開了臥房。

《業魔之塔》擁有複雜的樓層構造。

葛倫在直到現在有時候仍會迷路的塔內快步移動。

他爬上螺旋階梯，沿著走廊前進——不久來到了他目標的房間。

那裡是《隔時之間》——設置在塔內的魔導士修練場之一。

房間內部呈現出特殊的異界空間，擁有跟外界不一樣的時間流動速度。在異界待上七天，外界只過了一天。肉體年齡同樣也只有增長一天。

因為是異界的關係，內部空間非常寬敞，魔術修練和研究開發所需的設備和道具一應俱全，想在短期間內提升自身能力，沒有比這裡更適合的地方。

只不過，一般人在這個異界最多只能待上一年的外界時間。如果超過限制，伴隨而生的時間矛盾，很有可能會導致精神與靈魂崩壞。

話雖如此，葛倫自己在新人魔導士的時候，也在《隔時之間》接受過巴奈德的徹底鍛鍊。

這次葛倫也打算把意外撿到的特別休假全部都花在閉關修練上，在昨天就提出了申請。

「……好。」

葛倫下定決心般準備打開《隔時之間》的門。

「啊～～！葛倫～～！」

和情緒緊繃的葛倫相反，一個感覺悠哉的少女一看到他，立刻喜孜孜地衝上前來。

「葛倫你不會睡到現在才起床吧？貪睡鬼。」

那名給人小狗般感覺的少女——賽拉來到葛倫面前後，立刻堆起燦爛的笑容。

如果她有尾巴的話，現在應該會左右用力搖擺吧……她渾身散發出這種氣息。

每次碰到那樣的賽拉，葛倫不知怎的，總會覺得自己好像看到一隻白色的狗。

「吵死了，別管我。」

葛倫冷漠地給了個軟釘子碰，賽拉卻絲毫不引以為意。

「欸欸，葛倫你來這裡做什麼啊？」

「……這不是廢話嗎？」

葛倫傻眼似地嘆了口氣後，愛理不理地回答：

「我要在這裡修行，直到下個任務發派下來為止。」

「咦咦？難得獲得休假耶？呵呵，葛倫也太認真了吧。」

「…………」

葛倫煩悶地瞇起眼睛瞥了賽拉一眼。

坦白說，葛倫不知道如何和動不動就擺出大姊姊架子跑來糾纏自己的賽拉相處。

妳可不可以快點走啊……即便葛倫心裡這麼想，賽拉也視若無睹，自顧自開開心心地跟他說話：

「話說回來，葛倫你真的好厲害喔。」

「…………」

「雖然有點冒險，不過你的戰鬥方式很高明……跟巴奈德先生好像。」

「…………」

「葛倫你加入特務分室才一年而已，可是已經表現得非常活躍了……呵呵，你一定很快就能超越我吧。這下可傷腦筋了，我可是前輩耶。」

賽拉臉上的微笑是如此天真無邪。

或許是賽拉的天真無邪，刺激到了葛倫那敏感脆弱的內心吧。

「……啥？妳說誰厲害了啊？」

葛倫忍不住說起了尖酸刻薄的話。

「葛倫？」

「我根本沒救到半個人啊。」

葛倫那帶有自暴自棄意味的發言，讓賽拉旋即繃緊了臉。

「妳沒看見上一個任務那個悽慘的結果嗎？我根本救不了任何人。」

「……葛倫。那個任務也是無可奈何的事。它本來就……」

賽拉面露哀傷的表情試圖安慰葛倫，但……

「誰說無可奈何的！」

葛倫迷失在傲慢的自責中，根本聽不進去賽拉的意見。

「如果我有更強的能力……如果我能更早抵達那個幕後黑手的藏身處！卡蜜拉……說不定我至少能救出那個少女啊！」

「…………」

「每次都是這樣！每次都是差那麼一點沒能救到！追根究柢只能怪我太弱了！只能怪我身為魔術師，力量卻太弱小了！」

「…………」

「我——是『正義魔法使』！我不想再錯過任何原本有機會得救的人了！」

葛倫控制不住，向賽拉宣洩激動的情緒。

賽拉只是直勾勾地注視著葛倫那真摯的表情。

「……抱歉。」

賽拉那彷彿能看透人心的眼眸讓葛倫油然產生罪惡感，把頭撇向一旁。

「總之，我現在要進去修練場了……再見。」

喃喃地丟下這句話後。

葛倫把手搭在《隔時之間》的門的合頁上。

這時，賽拉也伸出纖細的手，輕輕地疊放在葛倫的手上。

「……做什麼？」

葛倫冷冷地瞪了賽拉一眼。

賽拉面露清爽的笑容，說：

「欸，葛倫……要不要和我約會？」

「嗄？」

聽到那個天外飛來一筆的提議，葛倫只能錯愕地猛眨眼。

約會？我和妳？為什麼？

「好啦好啦，不用問那麼多。」

賽拉強行拉走了腦子一團混亂、連話也說不出來的葛倫。

等葛倫回神時，兩人已經一起走在帝都的大街上了。

「嗯～今天天氣很棒對吧～？」

「唉，怎麼會有這麼蠻橫的傢伙……」

葛倫瞥了身旁朝著太陽「嗯～」地伸了個懶腰的賽拉一眼，垂頭喪氣。

「拜託，賽拉……我沒有時間玩樂……」

「不覺得帝都是個很美好的地方嗎？人潮眾多，建築物漂亮，還有五花八門的商店……光是在路上閒逛就很有趣對吧？」

賽拉始終笑咪咪的，似乎很開心，根本沒把葛倫的怨言聽進耳裡。

「雖然我很喜歡故鄉壯闊平靜的大草原……可是我也很喜歡這種熱熱鬧鬧的大城市呢。」

「啊，是嗎……」

看來今天只能認命陪伴南原的古老高貴民族的公主一遊了。

葛倫死心再次嘆氣後，轉頭環視四周。

跟平常一樣，熟悉的帝都風光。

林立在道路兩旁的民房與建築都屬於樸實牢固的建築風格，大街上擠滿了民眾，氣氛熱鬧非凡。

那是個想必對地下世界的血腥現實一無所知，平和而悠閒的光景。

而且，不用刻意觀察也感覺得出來，四周的民眾都在注意葛倫他們。

所有和葛倫他們擦身而過的人，皆忍不住回頭多看了一眼。

正確而言——他們注意的對象是悠哉地走在葛倫旁邊的賽拉。

頂著耀眼的太陽，賽拉的白髮迎著徐風搖曳。

頭髮絢爛地反射陽光，綻放出七彩的閃亮光輝。

賽拉現在身穿的是她親手改造的南原風魔導士禮服，以及羽毛飾品。

紋理細緻的柔嫩肌膚上，一如往常地使用紅色顏料畫上了傳統的民族圖騰。

這些特色在帝都確實會給人奇裝異服的感覺……可是，賽拉具備了能將這股異樣感轉化為魅力的異國之美與手采。

彷彿吟遊詩人所歌詠的，美麗異國精靈公主實際降臨到了現世似的。

畢竟——就連葛倫這個沉默寡言的木頭，稍不留神也會被身旁的這張美貌吸引得魂不守舍。

「啊哈哈，抱歉，葛倫……」

賽拉突然語帶歉疚地向葛倫開口說道。

「有什麼好抱歉的？」

葛倫連忙把頭轉向一旁裝傻。

「呃……我的打扮風格……果然很奇怪吧？我們好像也因此特別引人側目……」

賽拉苦笑著拉扯了一下自己的服裝。

「雖然有句俗語叫入境隨俗……可是對我而言，這副打扮能讓我感受到故鄉的風和草原，有很重大的意義……所以……抱歉了。」

「無所謂，別放在心上。我一點也不在意。」

葛倫覺得賽拉檢討自己的服裝一點意義也沒有。

因為她可是賽拉。就算她脫掉那身民族風的服裝，試著換上帝國最新流行的服飾，到頭來還是一樣會吸引到旁人目光。

「真的嗎？」

「是啊。」

「你真的真的不介意？」

「唉，煩不煩啊。如果我介意的話早就回去了。」

「這樣嗎……呵呵，謝謝你，葛倫。」

葛倫滿不在乎地回答後，賽拉開心地笑了。

「太好了。今天我想帶葛倫去一個地方。所以你要跟緊賽拉姊姊喔？」

「誰是姊姊啊？」

賽拉不顧葛倫鬧起了彆扭，硬是拉著他走。

唉，今天真是倒楣的日子。

葛倫聳肩嘆氣，任賽拉一路拉著他到處走。

如此這般。

帶著葛倫在街上走的賽拉心情始終好得不得了，也不曉得到底什麼事情讓她覺得那麼有趣。

（真是的……一副無憂無慮的樣子，真教人羨慕……）

葛倫瞥了她的側臉一眼，用鼻子悶哼了一聲。

回想起來，自從自己和她在某個任務一起組隊後，賽拉就一直是那樣子。

也不知道她的動機是什麼，總之賽拉動不動就會想擺出大姊姊的架子照顧葛倫。看似個性內斂的她，總是我行我素地牽著葛倫的鼻子走。

雖然葛倫偶爾也會對賽拉那傻裡傻氣的單純模樣感到不耐煩……不過，一旦看到她露出天真的笑容，葛倫的火氣就會自然消退，卻也是不爭的事實。

（啊啊……我果然不知道該怎麼跟這傢伙相處……）

就在葛倫心不在焉地想著這種事情的時候——

位在帝都郊外的某個設施，映入了葛倫眼簾。

「這裡是什麼地方？」

「孤兒院。」

賽拉笑盈盈地回答了一臉不爽的葛倫所提出的疑問。

「我有空時常常來這間孤兒院幫忙。」

「噢？還真有善心啊。」

「呵呵，謝謝誇獎。說到這個，最近孤兒院面臨了人力不足的問題……如果有男生願意幫忙就更好了。」

「…………」

聽了賽拉的說詞後，葛倫沉默了。

「不好意思……可以請教一個無關緊要的問題嗎？賽拉小姐。」

「什麼問題？」

「妳說想帶我去一個地方……原因該不會是……」

「啊哈哈，你的判斷真敏銳。欸，葛倫。今天一天就好……你願意幫忙照顧這裡的小孩子嗎？」

「…………」

葛倫露出冷漠的目光沉默不語……

半晌。

「我要回去了。」

只見他掉頭轉身，打算直接離開。

「啊啊!?等、等一下啦，葛倫～～！」

淚眼汪汪的賽拉攔住葛倫。

「這算什麼約會！算什麼想帶我去走走的地方！我才沒空照顧小鬼！」

「只要一下下！只要一下下就好！拜託！」

「少囉嗦！放開我啦！」

「求求你了，葛倫！拜託不要拋棄我們！負起責任面對小孩吧！」

「不不不、不要講那種會讓人產生誤會的話啦!?」

當葛倫不顧一切，強行拖著攬住他的腰部不放的賽拉往前走時──

孤兒院的正面大門突然喀嚓一聲打開了。

一大群陌生的小孩子從院內蜂擁而出。

「啊！賽拉大姊姊，好久不見了！」

「嗄。」

看來賽拉平時非常照顧這群小孩子，他們一看到賽拉，立刻你推我擠地圍了上來。

理所當然地，葛倫也連帶地被小孩子們包圍住了。

啊啊，好麻煩啊……葛倫不禁皺起眉頭。

然而——

「啊……」

「賽拉大姊姊？那個人是……？」

不知何故，有幾個小孩子把注意力從賽拉轉移到葛倫身上。

（……幹嘛啦？我的臉上有沾到東西嗎？）

葛倫感到訝異，賽拉面帶和善的笑容，配合小孩們的身高蹲下身體說道：

「嗯……我終於帶他一起來了喔。」

「……什麼？喂，賽拉。這是怎麼回事？這群小鬼到底是……？」

絲毫搞不清楚狀況的葛倫試圖質問賽拉，這時——

「「「「葛倫大哥哥！」」」」

小孩子們不約而同地撲向葛倫。

「嗚喔哇!?做、做什麼啊!?」

全身上下都黏滿了小孩子，葛倫不禁兩眼發直。

「葛倫哥哥，好久不見了！」

「你過得好不好!?」

「你有沒有受傷!?身體健康嗎!?」

小孩子們無視葛倫的反應，興沖沖地纏著葛倫，並且一股腦兒地向他表達懷念之意。

「喝啊啊啊啊啊——!?到底是在幹嘛啦!?我又不認識你們——」

葛倫試圖擺脫掉包圍住他的一群小孩子，然而——

「……原來你不記得了啊。」

賽拉那透著幾分哀愁的話語，刺進了葛倫的耳裡。

「我知道的。這表示葛倫你只專注看著前方，把過去拋到腦後了吧。」

「賽拉……？」

「可是這樣的話……不覺得很寂寞嗎？所以葛倫，回想起來吧……也想想以前你曾經拯救・・・・・・・

過的人。」

「……啊？妳在說什——」

唐突地——

葛倫的腦海裡突然迸射出一道閃光。記憶隨之喚醒。

加入帝國宮廷魔導士團後，至今完成的諸多任務之中。

原本想要救援和拯救……可是卻沒能拯救成功，只能眼睜睜看他們喪命的人們……在葛倫的哀傷記憶中，這些過去占了大部分的空間。

可是在記憶的角落裡……有一群因為葛倫被悔恨蒙蔽雙眼，以至於忽略的人。

由於葛倫始終對自己沒能成功拯救的諸多案例耿耿於懷，沒有發現還是有少數人因為他而獲救。

沒錯，現在包圍著葛倫的這群小孩子正是——

「你、你們是……」

原本不在意識焦點之中的模糊灰色記憶，如今透過葛倫眼前那群小孩子的臉重新活化，恢復了鮮明的色彩。

沒錯。雖然自己總是想起那些沒能成功解救的人們遺憾的臉，不斷折磨自己。儘管自己因為充滿了自責和後悔，所以從來不願回顧過去。可是——

（……原來……還是有被我解救的人嗎？即便是這樣的我……？我給自己太多無謂的壓力，以至於連這種事情也沒發現嗎……？）

葛倫深感錯愕。

這時，某個稚氣的少年被其他起鬨的小孩子推到葛倫面前。

少年下定決心，有些畏畏縮縮地抬頭注視葛倫。

「好久不見了。我……一直很想找機會向大哥哥道歉……」

「啊啊，你是……」

葛倫對少年有印象。他剛剛想起來了。

在某起由恐怖分子引發的人質事件中，雖然葛倫千辛萬苦救出了淪為人質的少年，可是卻心有餘而力不足，未能拯救少年的父母。

『為什麼你不救我的爸爸和媽媽!?』

『把爸爸媽媽還給我！』

離別時，少年曾把葛倫罵得狗血淋頭。

當時，葛倫無法向那個少年說出任何一句話——

「明明大哥哥也是賭上自己的性命才救出我的……可是那個時候的我卻……對不起……真的很對不起，大哥哥……我說了很多傷人的話……」

「笨、笨蛋……」

葛倫很自然地伸手搓弄那個少年的頭髮。

「小孩子不用想那麼多啦……」

葛倫抱著想哭又想笑的複雜心情，擠出這句話後——

「嗯……謝謝大哥哥……對不起。」

少年流下眼淚，向他露出了笑容。

之後——

葛倫留在孤兒院陪那群小孩子度過一段時間。

在那些小孩子的眼中，葛倫完全是個英雄。

他們把葛倫當成自己的朋友，要他陪玩貓捉老鼠、捉迷藏等遊戲。

他們吵吵鬧鬧，說自己以後也想成為跟葛倫一樣的魔法使，把葛倫耍得團團轉。

面對小孩子特有的、無窮無盡的精力，葛倫只覺得心煩意亂。

賽拉則是在遠方默默地關注著那樣的葛倫。

不久——太陽下山。

即使是活潑好動的小孩子們，這時也玩到累得睡著了。

「到頭來……妳究竟想讓我看什麼？」

在返回《業魔之塔》的路上，葛倫喃喃地向賽拉拋出疑問。

夜幕低垂的街頭一片漆黑，四周冷冷清清。

「你看不出來嗎？」

賽拉臉上掛著溫和的微笑回答：

「比起你沒能拯救的人……我更希望你能多看看你成功拯救的人。」

「…………」

賽拉繼續向陷入沉默的葛倫說道：

「葛倫。你不能糾結過去的失敗。不如多多關心你已經守護的人，還有今後需要你保護的對象吧？」

「…………」

「雖然葛倫你總是抱怨自己沒有能力保護他人……自己沒能為任何人帶來笑容……事實上，你明明都有做到不是嗎？」

「騙人。我才沒有守護到他人。」

葛倫只能像小孩子一樣駁斥賽拉的說法。

「不覺得很奇怪嗎？如果我真的守護了誰，為什麼那些小鬼現在會待在孤兒院？」

「葛倫……」

「假如我能力更強的話，那些小鬼也不至於會失去父母。如果我真的保護到了他們，他們又怎麼會發洩出自己的憤怒和痛苦，希望我把家人還給他們呢？又怎麼會流淚呢？他們現在應該可以過得更幸福才是。我——」

「他們確實是經歷過了痛苦。雖然或許那個時候他們真的哭了，也痛恨過你……可是大家終究走出了悲痛與煎熬，展開新的人生。他們現在已經可以繼續往前邁進了……對吧？」

葛倫一一回想白天碰見的那群小孩子的臉。

「那些孩子今天之所以能有這樣的表現……之所以能繼續開拓理應被封住的未來……都是你的功勞喔？」

「…………」

賽拉繞到不發一語的葛倫面前，直勾勾地注視著他。

「吶，葛倫，你要更堂堂正正一點。」

「！」

「我知道葛倫你的目標是成為拯救一切的『正義魔法使』，直到現在，你仍執著地懷抱著其他人都嗤之以鼻的夢想。可是，也因為太過執著的關係……導致現在的葛倫極端害怕有什麼在你眼前從指縫間溜走。」

「…………」

「這樣是不行的。一旦迷失就完了。葛倫你確實有保護他人的能力。睜大眼睛看看你已經守護的人，還有今後需要你保護的對象吧。抬頭挺胸，對有能力保護他人的自己感到驕傲吧。」

「…………」

「葛倫……如果你繼續迷失在已經從你指縫間溜走的人事物……總有一天你一定會崩潰的……所以……」

賽拉真摯地勸說後……

「啊啊，我懂妳的意思了。」

葛倫只是冷冷地回了一句令人心寒的話：

「換句話說……妳希望我放棄夢想、認清現實嗎？不要堅持那種好高騖遠的理想，滿足於現狀就夠了，妳就是這個意思對吧……！」

「你誤會了。不是那樣的，葛倫。我不是那個意思……」

「少囉嗦，用不著妳管！」

回過神來，葛倫發現自己一把推開了賽拉，向她咆哮。

他也不懂為什麼自己的情緒會變得如此激動。

他只覺得心裡有股咆哮的衝動。

「啊啊，是這樣啊。我清楚明白了。妳跟那個看了就討厭的伊芙和阿爾貝特半斤八兩！說穿了，妳在心底也跟其他人一樣在嘲笑我……當我是認不清現實的愚蠢小鬼！哼！想嘲笑就嘲笑啊！其實我自己也知道！我非常明白！可是……即使如此……！」

「葛倫……」

「要我別拘泥已經從指縫間溜走的生命？要我不如把注意力放在已經成功守護，以及今後需要保護的人事物上？這我當然知道！沒錯，我沒那個能耐！就憑我，根本無法成為拯救一切的『正義魔法使』！所以能救多少就算多少，該滿足了！這種事情我早就心裡有數了，混帳！

吵死了！你們每個人都只會出一張嘴！把事情說得那麼簡單……！根本不知道我有多麼……我有多麼……！」

葛倫一把抓住賽拉的胸襟，把她的臉拉到眼前，近距離瞪著她。

「妳根本什麼也不懂，才能輕易地講出那種義正詞嚴的話吧!?平常看妳老是在傻笑，一副無憂無慮的樣子！像妳這種人，又怎麼可能瞭解我的心情!?少跟我擺大姊姊的架子，用那種自以為什麼都懂的口氣訓話——！」

單方面地宣洩完內心的激動後，葛倫粗暴地放開了賽拉的胸襟。

然後，葛倫丟下呆站在原地的賽拉，準備快步離去。

可是——即使平白無故被葛倫痛罵，賽拉臉上依然掛著一抹淺淺的笑容，在葛倫和她擦身而過時，開口如此說道：

「我很欣賞喔……葛倫的夢想。」

「……!?」

「所以——」

賽拉話才說到一半，瞬間……

突然覺得如坐針氈的葛倫再也聽不下去，如脫兔般倉皇地逃離了現場——

「可惡……可惡……可惡……!?」

葛倫狂奔在闃寂無聲的夜晚帝都街頭。

他就像無頭蒼蠅一樣，在錯綜複雜的巷弄裡奔竄。

任憑激動的情緒帶動雙腿。

葛倫甚至不清楚自己跑到了帝都的哪個地方。

伴隨著心臟彷彿快爆裂的猛烈心跳聲，賽拉所說的話不斷在葛倫腦內反響。

「混……帳……！」

如果今天訓話的人是阿爾貝特，或許自己還不會這麼激動。

如果今天訓話的人是伊芙，或許自己還不會咆哮得那麼不客氣。

葛倫自己也分得出理想與現實的差異。自己的目標有多麼不切實際、有多麼矛盾、有多麼不可能、有多麼荒唐……其實他非常清楚。

可是。賽拉。唯獨賽拉——

或許自己唯獨希望得到她的諒解吧。

賽拉總是默默地陪伴在自己身旁，支持受到現實嚴重打擊，經常瀕臨崩潰邊緣的自己。

或許自己唯獨希望獲得她的肯定吧。

所以，自己之所以會對她如此氣憤，說穿了──

「──不過就是在撒嬌而已。我根本就是個任性至極的屁孩……混帳……！」

葛倫揮出憤怒的鐵拳打在巷弄的牆上，發出「砰！」的聲響。

那聲音在附近產生極大的反響後，漸漸消失。

「呼……呼……呼……！」

終於停下腳步的葛倫氣喘如牛，他的激烈喘息聲在巷子裡迴盪。

冰冷的夜晚空氣讓原本處於亢奮狀態的葛倫，急速地冷卻了下來。

不久──

「……我開始感到厭煩了……為什麼我會在這種地方……？」

葛倫一反常態，脫口說出了懦弱的話。

「我……到底是為了什麼目的在戰鬥？魔術一直都是這種無聊至極的東西嗎？……我不懂……我真的不懂……」

當葛倫飽受一股無所適從的感覺折磨時──

事情唐突地發生了。

「——!?」

他突然感受到黑暗中傳來了帶有敵意的視線與氣息。

凡是在地下社會生存的人都擁有的敏銳感覺，向靈魂敲響了警鐘。

葛倫猛然抬起頭，開始警戒四周。

「……找到了……終於……找到了……!」

葛倫聽見了喃喃自語的聲音。

聲音的主人如從黑暗中滲透般，出現在葛倫面前。

從黑暗中滲出的無數影子就像阿米巴原蟲一樣蠕動，漸漸組合成一個人類的形狀。

那看起來就像個少女。

只穿了一件破爛衣服遮住性感裸體的少女。

葛倫不可能忘記，也不可能認錯。

「妳、妳是——!?」

出現在葛倫面前的那名少女……正是被檢體三六五號『卡蜜拉』。

在之前的任務溜走的人工吸血鬼。

「呿——!?」

或許該歸功於平日的辛勤鍛鍊吧。

一碰見敵人，葛倫的身體便搶在大腦運轉前拔出手槍，進入戰鬥態勢。

不知該說是幸運，或者說是疏於整理裝備，手槍裡面裝的依然是淨銀彈。

葛倫反射性地準備向無預警現身的敵人開槍——

這時——

那個敵人向葛倫投以看似悲傷、彷彿在求救般的目光。

然後，她喃喃地開口了：

「……拜、託……救救我……」

「——!?」

葛倫扣在扳機上的手指又再次石化。

「我……是來找你的……！」

吸血鬼少女卡蜜拉呻吟似地說道。

「妳、妳……那是什麼意思……？」

「好痛苦……我好痛苦！感覺又冷又暗……身體好痛，喉嚨好渴……好渴！吸血鬼的冰冷身體一直在折磨我……！」

喀噠喀噠。

看到卡蜜拉那哀傷卻又陰森可怕的臉，葛倫的槍口漸漸顫抖了起來。

「而且……我明明沒做什麼壞事……！卻還是有可怕的人在追殺我……！」

定睛一瞧──卡蜜拉渾身是傷。傷重到連吸血鬼的再生能力也來不及治癒。

在那場戰鬥之後，從葛倫手中接手任務的軍方魔導士，似乎持續對她展開了追擊。

吸血鬼並非只要分享血液就能和平共存，能夠豢養馴服的存在。

『捕食人類』──這是吸血鬼與生俱來、永遠無法改變的本能。他們是天生會對人類造成危害，與人類水火不容的高傲怪物。

因此，不管有什麼理由，碰到吸血鬼都要當場處分──這是帝國法的規定。

「為什麼……!?為什麼我必須遭遇這種可怕的事……!?告訴我……到底為什麼……！」

「這是因為……」

葛倫答不出來。不可能答得出來。

「你不是說過嗎……『我來救妳了』……『我一定會救妳』……所以我拚命逃離試圖殺我的人……一直、一直逃到現在……！拜託……救救我……！請你一定要救我……！」

葛倫懊惱地咬牙切齒。

自己輕易說出讓她產生天真期待的話。

自己躊躇不前，沒有第一時間扣下扳機。

葛倫的一言一行通通造成了反效果。這一切都深深折磨著少女。

啊啊，自己的所作所為，到底哪裡符合了『正義魔法使』了？

腳下原本就快崩塌的地面在持續崩壞的感覺，襲上葛倫心頭。

「……我該怎麼做？」

從喉嚨硬擠出來的嘶啞聲，構成了帶有這個意義的話語。

為什麼要問？明明沒有意義。

問了又能怎麼樣？明明沒什麼意義。

即使理智上明白這個道理，葛倫還是忍不住問了出口：

「該怎麼做，才有辦法幫妳……？該怎麼做，我才能救妳……？我能幫得到什麼……？」

於是——

少女默默不語地低頭看著地面……

半晌，她輕輕抬高了頭……臉上掛著溫和但不失妖豔的微笑……開口說道：

「請你為了我……『去死吧』。」

「——!?」

葛倫驚愕得微微睜大了雙眼。

卡蜜拉無視那樣的葛倫，一臉陶醉地繼續說道：

「本能告訴我……『只要殺人』、『並且喝下對方的鮮血』……我就能從折磨這副身體的痛苦獲得解放。我就能成為一個真正的吸血鬼。而且我還可以獲得無人能敵的力量。」

「……這……」

「所以拜託你了，不知道名字的陌生人……我唯一剩下的救贖方法……就是以吸血鬼的身分活下去……我已經別無選擇了……！」

「……可是，那、那樣的話……」

「其實我也不想殺人！我也不想變成什麼吸血鬼！可是我覺得好冷、好痛苦、好飢渴……！我再也無法忍耐了……！所以，求求你……！答應要拯救我的善良陌生人……！請把你的生命獻給我！請你救救我吧！既然對象是你的話，殺掉你也沒關係吧!?因為你答應過要救我的嘛！所以救我……救救我嘛——!?啊啊啊啊啊啊啊啊啊啊啊啊啊啊啊啊啊啊啊啊啊

——！」

「妳、妳……」

葛倫看到朝著天空嘶吼的少女，認清了一個沉痛的事實。

這名少女的內心——已經崩壞了。

或許是因為變成吸血鬼的關係，也或許是其他原因。

無論如何，這名少女已經崩壞到無法挽回的地步。她早已失去人類的正常心理。

『我會救妳』、『我來救妳了』……那不過是葛倫隨口說出的無心之詞。

現在的她，只不過是一頭把葛倫那番毫無責任的偽善發言當作最後的希望……憑著一股慣性，執迷於葛倫的性命與鮮血的怪物。

「讓我……吸你的血啊啊啊啊啊啊啊啊啊啊啊啊啊啊——！」

卡蜜拉如此大叫後，雙手伸出了短劍般的爪子，上頭充滿致命性的詛咒。

只見她向前一蹬，以彷彿在地上爬行的極端前傾姿勢朝葛倫逼近。

她前衝的速度快得嚇人。簡直是超越了所有生物極限的神速。

「嗚——」

不過她的動作非常呆板單調。

葛倫的槍口精準地鎖定住少女。

接下來只剩扣下扳機了。

這個距離必中無疑。不可能射偏。

開槍吧，葛倫。只需要射出一發淨銀彈。槍聲的福音將為這場悲劇畫下句點。

——明明可以就此結束的。

「————!?」

受到敏銳化的感覺和瞬間加速失控的思考意識影響。

逼上前來的卡蜜拉的速度顯得格外緩慢。

葛倫那扣在手槍扳機上的指頭……絲毫無法動彈。完全僵住了。

葛倫自己也不清楚理由。

或許是沒能拯救少女，害她飽受如此巨大的痛苦所產生的自責心理。

或許是想要一個可以讓自己停止前進的契機。

或許是因為連賽拉也否定自己而自暴自棄罷了。

也或許是覺得既然無法拯救少女，至少幫她實現她所盼望的救贖形式，才算盡了『正義魔法使』的最後責任。

也有可能單純只是心力交瘁。或者只是一時心血來潮。

葛倫自己也不太明白。

感覺好像通通不對，又感覺好像通通正確。

無論如何，事實就是──葛倫沒能扣下扳機。

「我……」

啊啊，沒錯。

反正不管怎麼做都無法挽回了。

現在不開槍的話，我就死定了。

就算開槍了，做為『正義魔法使』的我也形同斃命。

（既然不管怎麼做都已經完蛋了，乾脆──）

葛倫只是默默地……如作壁上觀般注視著吸血鬼的銳利咒爪撕裂空氣襲來的畫面，這時……

咚！

葛倫被突如其來的衝擊撞飛到旁邊。

「……咦？」

葛倫定睛一瞧，映入他視野的是——

露出拚命的表情把葛倫推開的賽拉。

笨蛋——妳這是在做什麼——!?

葛倫震驚得說不出話。

賽拉向他盈盈一笑，下個瞬間——

隨著低沉的呼嘯聲揮下的吸血鬼之爪，切開了賽拉的纖細身體。

「啪！」

鮮紅的血花在黑暗中盛開。

「咳咳……」

血流如注的賽拉咳血倒地不起。

「賽拉————!?」

「嗚！怎麼又是妳!?不要妨礙我——！」

卡蜜拉一腳踹開賽拉的身體，大吼大叫。

「是這個人自己說的！他願意拯救我！所以我可以奪走他的性命沒關係！就算喝他的鮮血也無所謂！所以——！」

陷入瘋狂的卡蜜拉所執著的，只有葛倫的性命與鮮血。

她對渾身是血的賽拉視若無物，撲向了葛倫——

這時——

「——!?」

或許是感應到威脅，卡蜜拉突然向後閃避。

剎那，一道劈開了夜幕的落雷氣勢萬鈞地打在那個位置上。

「到此為止，吸血鬼。」

不知不覺間，一個衣襬隨風飄揚、身穿魔導士禮服的男子，站在面朝巷弄的建築物屋頂上。

「你、你是——!?」

「阿爾貝特!?」

在生死關頭及時趕到的人，正是阿爾貝特。

「咿——!?不、不要……!」

卡蜜拉一看到阿爾貝特立刻渾身發抖，只見她的身體漸漸分解成霧狀，撤離了現場。

「……又讓她溜了。」

見狀，阿爾貝特啐了一口，從屋頂上一躍而下。

他一聲不響地降落在一臉茫然的葛倫身旁。

「你、你……！為什麼……!?」

阿爾貝特・弗雷澤。

他在特務分室鶴立雞群，堪稱王牌中的王牌。

過去葛倫也跟他一起出過好幾次任務，他的實力高深莫測，葛倫全然無法想像到底要做過什麼樣的修練，才有辦法到達那個領域。

不過，阿爾貝特是執迷於數字的數據狂，也是那種會果決犧牲一個人的性命去救其他九個人的冷血效率主義者……於葛倫而言，他們倆是水火不容的關係。

阿爾貝特的登場讓葛倫不禁全身緊繃，擺出了警戒的架式。

「有話待會兒再說……先幫賽拉急救。」

沒想到阿爾貝特只是板著一張臉轉過身背向葛倫，不慌不忙地為賽拉進行治療。

阿爾貝特一邊為賽拉急救一邊說明了來龍去脈，簡而言之就是——

承接了追殺卡蜜拉任務的軍方魔導士就是阿爾貝特。葛倫和賽拉暫時脫離戰線後，他便主動補上了那個人力缺口。

不過，即使強如阿爾貝特，也很難逮住全力遁逃的吸血鬼。

追根究柢，吸血鬼本來就是超越人類的存在。

想要單槍匹馬追討吸血鬼，更是難上加難。

「哼，經過幾番交戰，原以為有機會在這個帝都逮到她，結果又讓她溜了。」

阿爾貝特語帶自嘲地冷冷說道。

「看來我還不能真正獨當一面……做什麼？我臉上有沾到髒東西嗎？」

「沒、沒事……」

葛倫則是把困惑明白寫在臉上。

這一切讓他感到非常意外。

好比說剛才的狀況。依照葛倫所熟悉的阿爾貝特，他應該會丟下受傷的賽拉不顧，繼續追殺卡蜜拉才對。

話說回來，這個效率魔人會不找支援，單槍匹馬追討吸血鬼，本身就是一件奇妙的事情。

不過現在不是討論這種問題的時候。

「那個……賽拉還好嗎？」

葛倫垂眼看著一動也不動，躺在暗巷地上的賽拉。

賽拉血淋淋的上半身纏滿了止血用的繃帶。

她的臉色呈現死灰色，簡直跟死人一樣。

兩人已經透過通訊魔術請《業魔之塔》派遣救援部隊了。

等一下法醫魔術的專家們應該就會到場支援了吧。

問題在於賽拉能否撐到那個時候——

「那個吸血鬼的爪子有吸取生命力的咒力。受到生命力衰弱的影響，法醫咒文很難對現在的賽拉發揮效果。該做的已經都做了，能不能撐下來就看賽拉自己了。」

「可惡……！」

得知賽拉的狀況後，葛倫氣急敗壞地出拳重擊巷弄的牆壁。

兩人陷入凝重的沉默，不久，葛倫努力擠出聲音開口：

「這傢伙……為什麼要救我這種人……!?」

然後，他垂眼看著如死去般昏睡的賽拉的臉破口大罵：

「妳是笨蛋嗎!?像我這種死屁孩，放著不管不就好了！就算我橫死街頭，也跟妳一點關係也沒有啊!?可是妳為什麼……!?」

因為自身的窩囊以及對賽拉的憤慨，葛倫陷入情緒失控。

「因為她沒辦法丟下你不管啊。」

這時，阿爾貝特突然淡淡地開口了。

「……畢竟你們兩個算是同病相憐。」

「嗄？我們同病相憐？什麼意思？」

「追尋沒有終點的夢想，追尋絕對不可能實現的理想的追夢者……這就是你們兩個的寫照。」

阿爾貝特以冷漠的語氣娓娓道來。南原某支高貴遊牧民族的族長之女，希瓦斯的公主——賽拉成為魔導士奮戰的原因。

她的目標似乎是想要奪回被雷薩利亞王國攻陷的故鄉。

她希望未來能找回倖存的族人重返故鄉——為了實現這個心願，賽拉遵守一族過去和帝國締結的古老盟約，加入阿爾扎諾帝國作戰。

賽拉深信總有一天帝國也會遵守盟約，幫助她從雷薩利亞王國奪回她的故鄉。

「太愚蠢了……那種事情根本……！」

「沒錯，根本不可能。」

雖然這麼說對賽拉很殘酷……可是依照目前的國際情勢和敵我戰力差距，幫助賽拉收復故鄉是不可能實現的天方夜譚。

倘若帝國和王國爆發全面戰爭，雙方勢必損失慘重，況且賽拉的故鄉也早已漸漸變成其他族人的故鄉了。

她那分崩離析的一族現在也不知道流落到何方。除了她以外，是否還有其他同胞活著都得打上問號。

……歷史無法重來。過去的美好時代也不會再重返。

賽拉自己也明白這個事實。

即使如此，她仍不放棄任何一絲可能……為了達成心願，她下定決心為了支持、守護阿爾扎諾帝國而戰。

為了故鄉。為了一族的同胞。

總有一天重回故鄉的懷抱……這就是賽拉的夢想。

葛倫做夢也沒想到，平常看似傻里傻氣的賽拉居然背負著如此沉重的負擔。

然而……

「……既然如此，那我更不懂了。」

聽聞了賽拉的處境後，葛倫不以為然地提出質疑。

「既然她抱有這麼遠大的目標，為何還要保護我？為什麼不惜犧牲自己的性命救我？到底是為什麼啊!?哼！我真的無法理解──」

語畢──

阿爾貝特的手突然伸向葛倫。只見他一把提起葛倫的前襟，讓葛倫踮直腳尖，幾乎快要離開地面懸空。

「嗚，咕──你、你做什麼──!?」

「你這傢伙實在可笑。」

阿爾貝特拉近痛苦呻吟的葛倫，以近到鼻子快貼在一起的距離狠瞪著他。

他的話語和眼眸裡都燃燒著靜謐的怒火。

「夢想終究只是夢想。夢想當然偉大。我不否認。可是如果被夢想束縛，導致自己變得目光短淺的話，那就本末倒置了。現實裡有遠比夢想更重要的事情。不過如此罷了。」

「──!?」

阿爾貝特這番語氣平淡的指責，讓葛倫啞然無語。

「如果連這麼簡單的道理也不明白，無法理解為什麼賽拉把你看得比自身夢想還重要的話……你就只是個連懷抱夢想的資格也沒有的小鬼。」

聞言，葛倫備受打擊般整張臉皺成了一團。

無言以對的他只能垂低眼簾。

見狀，阿爾貝特不發一語地推開葛倫，轉身背對他。

一股凝重的沉默籠罩著兩人，這時──

「……葛……倫……？」

葛倫無意間聽到一聲音量微弱的呢喃。

「賽拉!?」

定睛一瞧，躺在地上的賽拉微微地睜開了眼睛，似乎是恢復了意識。

「賽拉!?賽拉！妳醒了嗎!?」

葛倫連忙靠上前，在賽拉身邊跪了下來。

「……太好了……葛倫你平安無事……」

賽拉確認葛倫毫髮無傷後，如釋重負似地莞爾而笑。

「不要講話！妳撐著，救援的人馬上就──」

「欸……你聽我說，葛倫。」

賽拉努力想表達什麼，緩緩地把手伸向葛倫。

「混蛋！就叫妳不要講——」

葛倫試圖阻止賽拉，這時——

只見賽拉有氣無力地抬眼看著葛倫，盡其所能地擠出最大的笑容，彷彿喃喃細語似地開口了……

「我很欣賞喔……葛倫的夢想。」

「……!?」

她或許是想延續先前未完的對話吧。

「所以……我希望你能繼續堅持下去……」

「……賽、賽拉……」

「因為葛倫你跟我一樣……你和我都是追尋艱困又遙遠、看似沒有實現可能之夢想的追夢者同伴……所以我想要幫你加油……」

賽拉向愣住的葛倫繼續溫和地說道：

「哎，葛倫……我想，這世上……應該沒有人能抵達理想的終點吧……」

「——可、可是——!?」

「以為自己好不容易終於到了，結果那個終點馬上又跑到遙不可及的地方……所以只能堅持目標，繼續向前走……在煩惱與痛苦的伴隨下……」

「……」

「可是，只要繼續走下去……哪怕在途中不支跪下……哪怕道路在途中產生了變化……只要堅持走下去……總有一天……比現在更美麗的風景……將會在葛倫的四周展開……我也是抱著這樣的信念走到今天……」

「……」

「所以……為了讓自己能堅持走下去……葛倫……我希望你不要否定現在的自己……我希望葛倫你能更認同自己一點……只是這樣……咳……咳咳……抱歉……我好像太多話了……」

賽拉伸出顫抖的手，溫柔地輕撫葛倫的臉頰。

那是失去了生氣、冷冰冰的手。讓人聯想到死亡的手。不可思議的是，即使如此，卻也不會讓人感覺厭惡，葛倫下意識地緊緊握住了賽拉的手。

「葛倫，你有能力可以好好保護他人……所以，請你更重視你所保護下來的，以及今後需要保護的人事物吧……你要更抬頭挺胸……對有能力保護他人的自己感到驕傲……」

「……」

「……不要因為沒能拯救到許多人……就妄自菲薄……拜託了……好嗎？」

葛倫和賽拉默默不語地凝望著彼此。

半晌——

或許是從葛倫那雙直勾勾地看著自己的眼睛掌握到了什麼。

「嗯……看來……我不需要擔心了。葛倫……」

賽拉放下心中大石般閉上眼睛，彷彿沉沉睡著似地再次失去意識。

「…………」

在這一小段時間，葛倫僅是緊握住賽拉的手，默默地端詳著她的臉。

……過了不久——

「在這裡！」

「找到了！動作快！傷勢嚴重！」

「準備好復活藥和艾莫爾！儀式小組！快點擺好塞菲洛特法陣！」

軍方的救援小組趕到了現場，以賽拉為中心的一帶立刻呈現出兵荒馬亂的景象。

「…………」

葛倫轉身背對喧囂，準備一聲不響地離去。

「……你打算行動了嗎？」

雙手盤胸，背部靠著牆壁，安安靜靜地冥想的阿爾貝特，朝葛倫的背影開口。

「現在那個任務可是歸我管的喔？」

聞言，葛倫倏地停下腳步，直視著前方回答道：

「……不，這件事情應該由我做個了斷。」

「哼……隨便你。」

兩人簡短交談後。

葛倫獨自消失在夜深人靜的街頭。

後來，葛倫漫無目的地在夜晚的帝都徘徊。

帝都是座大城市。想在沒有任何線索的情況下找到一個人，形同大海撈針。

然而——不可思議的是，葛倫有自信可以找得到人。

像在證明自己的確信並非沒有根據般，葛倫走進了某個冷清空曠的廣場，這時……

「……你來了。」

黑暗中突然傳來了某道耳熟的聲音。

就在葛倫的面前，比夜色更濃郁的黑暗碎片突然捲動起來……只見無數聚集在一起的黑暗碎片漸漸組成少女的輪廓。

不久，吸血鬼卡蜜拉在他眼前現身了。

「…………」

葛倫和卡蜜拉保持幾步的距離，默默展開對峙。

「我一直深信不疑。只有你……只有你會前來幫助我。」

「是啊。」

葛倫喃喃地回應了聲音聽似開心的卡蜜拉。

「欸，不知道叫什麼名字的陌生人……可以再問你一次嗎？」

「什麼？」

「你……真的願意幫助我對吧？你會拯救我吧？」

卡蜜拉有些忐忑不安似地詢問道。

「……啊啊。我當然會救妳了。沒有第二句話。」

眼神看似有些空洞的葛倫斷然一口答應。

「我……之前沒能拯救妳。所以……這是我最後能為妳做的一件事了。」

「太好了……謝謝……真的太感謝你了……」

聞言，卡蜜拉彷彿終於放下懸念般，開心地笑了。

然後，她緩緩走向葛倫。

「如此一來……我終於可以從這股寒冷與痛苦獲得解放……從飢渴獲得解放……即使有可怕的人在追殺我，我也不需要再感到害怕……我……就要被救贖了……啊啊……」

她慢慢地……慢慢地……走向葛倫。

葛倫一動也不動，猶如雕像般佇立在原地。

葛倫和卡蜜拉的距離一步一步逐漸縮短。

不久——

卡蜜拉貼著葛倫的身體，用手環住葛倫的脖子。

兩人在可以感受到彼此吐息的近距離下凝視著彼此，卡蜜拉的臉上漾起了嫣然微笑……最後，她開口問道：

「哎，這位願意拯救我，不知名的陌生人……」

「怎麼了？」

「最後……可以告訴我你的名字嗎？」

卡蜜拉如此說道後，向葛倫的脖子露出獠牙。

「……我嗎？」

葛倫像是眼裡根本沒有卡蜜拉的存在，面露空洞無神的表情回答：

「葛倫・雷達斯──」

當葛倫報上姓名，眼看卡蜜拉的銳利尖牙就要咬進葛倫的頸動脈──

瞬間，突然爆出了一記震耳欲聾的雷音。

「──妳要記住這個史上最惡劣的騙子的名字。」

「……咦？」

嘶。

卡蜜拉的嘴角流下了一道濁黑的鮮血。

不知不覺間。

葛倫的槍口抵在卡蜜拉的左胸口上。

從中射出的淨銀彈精準地貫穿了卡蜜拉的心臟。

「……為什麼？」

隨著蹣跚的步伐。

卡蜜拉不敢置信似地睜大眼睛，放開葛倫往後倒退。

「你……不是答應要救我嗎……？到頭來……你也一樣要拋下我嗎……？和我切割嗎……？」

卡蜜拉露出泫然欲泣的表情向葛倫哀訴。

「過分……太過分了……明明我……只剩下你了……！明明你是我唯一的希望了……！」

葛倫筆直地面朝卡蜜拉，喃喃地開口了：

「抱歉……我要往前走……我已經決定要繼續前進了。」

「往前走……？」

葛倫向一臉納悶的卡蜜拉點點頭。

「坦白說，我已經受夠了。或許……我總有一天會跪倒在現實這道牆壁前，也或許會放棄堅持。現在我割捨掉妳的行為也將失去意義。」

「…………」

「可是，在我耗盡全力，不得不跪下來之前……為了在那天到來前，盡其所能拯救其他人……我會像個笨蛋一樣，朝著根本不存在的、拯救一切的『正義魔法使』的目標前進。」

「…………」

「所以……我現在必須捨棄妳。放下『正義魔法使』的堅持。我知道我這麼說根本自相矛盾，聽起來非常愚蠢，可是……」

「…………」

「我不會叫妳原諒我……可是，對不起。」

葛倫這麼說完的瞬間。

卡蜜拉的身體「轟！」地燃起了淨化的火焰，讓原先一片漆黑的四周變得無比刺眼。

臨死之際的吸血鬼。

想必她會極盡惡毒之能事譏笑怒罵，宣洩心頭之恨和怨念，瘋狂地詛咒自己吧——

葛倫不禁繃緊精神。做好承受這一切的覺悟。

那是欺騙了少女的自己應當承擔的懲罰。

然而，意外的是——

「是嗎……這就是你的選擇嗎……？」

卡蜜拉臉上掛著滿足似的表情。

或許是在最後一刻恢復了理智——原本在她眼中熾烈燃燒的瘋狂突然消失不見，如今她以十分清澈的眼神，直直注視著葛倫。

被火焰籠罩的吸血鬼少女就像擺脫了附身在自己身上的惡靈般，顯得神清氣爽。

「妳、妳……？」

「明明你不認識我，可是你卻對未能拯救我的事情真心感到難過、煩惱、痛苦……如果是善良如你所奉獻的生命……我即使做為捕食人類的吸血鬼活下去，也沒什麼不好的……就這樣墮落下去也無妨……我本來是這麼想的……」

「…………」

「可是……你放棄了我，選擇了另一邊……你沒有用廉價的救贖逃避，而是選擇了更為痛苦、佈滿荊棘的道路……嗯……我相信這個選擇肯定是正確的……謝謝……在我真的墮入地獄之前，將我攔了下來……」

「…………」

「……謝謝你……在真正的意味上……拯救……了……我……」

留下這道遺言後。

令人同情的吸血鬼少女，向葛倫露出淚溼的笑臉——

就這樣消失在火焰之中。

「……笨蛋……幹嘛跟我道謝啊……」

葛倫背向殘留在身後的那堆白色灰燼。

他那喃喃自語的聲音，在寂靜的黑夜中迴盪——

漫長得彷彿沒有盡頭的黑夜終於過去，黎明到來。

這間灑入了柔和晨光的白色房間，是《業魔之塔》的醫務室。

賽拉躺在安置於室內的白色病床上。

葛倫坐在床邊的椅子，目不轉睛地端詳著沉睡中的賽拉。

整個空間安靜得彷彿連時間也停止了流動。

從窗戶流入室內的徐風。

戶外的啁啾鳥啼。

像被這些事物溫柔喚醒般……

「……嗚、嗯……？」

賽拉漸漸從沉睡中甦醒。

她微微睜開眼皮後，覺得光線刺眼似地眨了眨眼睛。

接著和在一旁看護的葛倫對上眼。

「……葛……倫……？」

「太好了……賽拉。妳終於恢復意識了。」

葛倫有氣無力地微笑，喃喃地回答道。

「……真是的……居然拿自己的性命開玩笑……」

「啊哈、啊哈哈……抱歉。」

「…………」

「…………」

兩人就此陷入沉默。

葛倫什麼也不說，賽拉也沒有多問。

賽拉——恐怕是知道了吧。

葛倫下了什麼樣的決斷，採取了什麼樣的行動。

或許她不需要多問，也早就已經看穿了一切。

所以……她才保持沉默，只是目不轉睛地凝視葛倫的臉。

不久——

「……賽拉。我……」

葛倫自言自語似地開口了。

「我想……不管走再遠，我也肯定無法成為『正義魔法使』。因為這個世界根本不存在什麼『正義魔法使』……」

「…………」

「可是……我不會放棄……我不甘心就這樣放棄……因為這是我自己選擇的道路……從小懷抱的夢想……事到如今，怎麼可能說放棄就放棄……？」

賽拉不發一語。

她只是繼續守護著獨自垂低頭，一邊哆嗦著肩膀一邊自白的葛倫。

「為什麼……我會懷抱這種高不可攀的夢想呢……？為什麼我會對魔術產生這種不切實際的憧憬呢……？如果我的願望能更平凡一點的話……」

「…………」

「如果……我擁有更強大的力量，現在也不會……為什麼我會如此無力呢？明明我已經付出了那麼大的努力……為什麼我無法得到我想要的？我……我……！」

葛倫用力閉上眼睛，從眼角滲出的淚水沿著臉頰滑落。

他再也壓抑不住感情。

賽拉慢慢地坐起身子，向這樣的葛倫伸出雙手。

「……賽、賽拉……？」

然後，她溫柔地將葛倫的頭摟進懷中。

「……乖、乖……」

摸摸，摸摸。

賽拉臉上掛著慈祥的微笑，以無比輕柔的動作撫摸葛倫的頭。

「不用怕。我會……陪在你身旁。我會永遠、永遠陪伴你的……」

「…………」

「無論葛倫你決定未來要走什麼樣的道路……無論你做出什麼樣的選擇……無論是你覺得難過的時候……還是痛苦的時候……我都會像這樣摸摸你的頭。」

「…………」

「所以我們一起吧……不用著急……偶爾像這樣放鬆一下……慢慢的也沒關係……我們一起朝著目標一步一步慢慢前進吧……好嗎？」

聽到賽拉這段話——

「……啊。」

早就默默地忍耐到極限的葛倫，終於潰堤了。

「啊……啊……啊啊……！」

這次的事件只是原因之一。它不過只是導火線。

葛倫自從加入特務分室後，長期忍受著憂鬱、壓力與絕望。

不知不覺間，那些情緒沉積在葛倫內心深處，變得混濁不堪，早已膨脹到足以讓葛倫精神崩潰的感情——今天終於一口氣徹底爆發出來了。

「啊啊啊啊啊啊啊啊啊啊啊啊啊啊啊啊啊啊啊啊啊啊啊啊啊啊啊——！」

被摟在懷裡的葛倫像個小孩子一樣，嚎啕大哭了起來。

賽拉只是繼續溫柔地擁抱他，不斷輕撫著他的頭髮。

究竟——對葛倫來說，他與賽拉的相遇、賽拉的一言一行、賽拉的一顰一笑——

會是他人生中的福音嗎？亦或詛咒？

葛倫一生中最大的黑暗——帝國軍魔導士時代。

葛倫奮不顧身地披荊斬棘。

持續堆疊的血海屍山。

在這條早已確定盡頭將是失敗與挫折的道路上，葛倫才剛站上了起點——

後記

大家好，我是羊太郎。

短篇集『不正經的魔術講師與追想日誌』第三集出版上市了。

這一切都要感謝編輯和所有出版關係人士，以及所有支持本傳『不正經』的讀者！謝謝大家！

因為有你們的支持，短篇集才能出到第三集。嗯～真的太令人感慨了。真佩服我自己有這麼多題材可寫。跟本傳不一樣，短篇集擁有比較大的自由發揮空間，這也是創作短篇故事時快樂的地方。雖然也常常因為自由奔放過頭，還要編輯幫忙踩剎車就是了。（笑）

○魔導偵探羅莎莉的事件簿

繼奧威爾的故事後，本篇是第二篇羊放飛自己寫下的故事。也是葛倫在學院就讀時的學妹——羅莎莉的登場回。編輯在看了故事之後，大發雷霆表示：『開什麼玩笑，這內容我無法接受。』最後還是我向編輯下跪，硬是拜託他讓我過關的。或許讀者們也看出來了，我最喜歡羅莎莉這種廢柴角色了。真希望有機會也可以讓羅莎莉在本傳登場哪。

○魔術學院心動體驗學習營

因為上一篇的內容實在太惡搞了，所以編輯哭著求我這次一定要寫一篇能強化魔術學院世界觀的故事，也就促成了本篇的誕生。

呼……雖然作者本人這麼說好像有點奇怪，可是這所學院真的沒救了耶！不過這種學校會讓人很想去上學呢。如果當年我在這種學校讀書的話，想必每天都過得很開心，也會更認真讀書……才怪！（重考兩次的人）

○學生會長與混沌議事錄

編輯：「寫點學生會的故事！有美女學生會長坐鎮的學生會！」羊：「要寫是可以啦，可是我想寫陰謀詭計的內容！」編輯：「不　要　鬧　了！寫一般的戀愛喜劇故事啦!?」羊：「我不要我不要我不要！我想呈現出學生會長精明幹練的一面！」磅！砰噹！羊戰死了（笑）……這篇故事就是經過這番波折才醞釀而成的。（過程有些許誇大）

○苦心攢錢是為誰

這些傢伙感情一定很好……誰和誰羊就不多說了。（笑）

這篇故事拓展了菲傑德這個背景舞台的世界觀，所以羊個人非常喜歡。難得沒和編輯大打出手就達成共識。果然和平是最重要的呢。（遙望遠方）

○White Dog

在本傳中也只有在回憶場面才會登場的賽拉‧希瓦斯，本篇描述的是她跟葛倫剛認識不久時的故事。坦白說，我個人對賽拉這個角色抱有複雜的心情。葛倫是不是因為她的關係才無法回頭呢？如果沒有遇見她的話，葛倫是否會走上其他的道路呢？她的存在對葛倫而言，究竟是福音，亦或詛咒呢……我試著把一部分的答案寫進了本篇故事中。如果讀者們在看過內容之後，能有什麼感觸，那就是作者最大的幸福了。

總而言之，第三本短篇集差不多就是這樣的感覺。每一篇都是羊傾注心力創作的故事，希望讀者們都能看得開心。今後請大家繼續多多關照指教『不正經』！

羊太郎

失格紋的最強賢者～世界最強的賢者為了變得更強而轉生了～1

作者：進行諸島
插畫：風花風花
譯者：郭蕙寧

魔法世界也能砍掉重練!!
能力封頂的賢者，能否藉轉生得償前世所願!?

在某個世界，有一個魔法戰鬥的造詣到達巔峰境界，甚至被冠以【賢者】稱號的人。為了追求最強的戰術，悉數研究過世界上存在的各種魔法和戰術後，他被迫面對『自己身上的紋章刻印不適合魔法戰鬥』這個殘酷現實。於是，他將自己的靈魂封印並且轉生到未來世界。成功轉生為少年馬丁亞斯──擁有『最適合魔法戰鬥的紋章』。然而，他卻來到了一個將『最適合魔法戰鬥的紋章』視為「失格紋」，低水準魔法理論猖獗的世界。擁有「失格紋」的馬丁亞斯，之後和擁有「榮光紋」的少女琉璃，以及擁有「常魔紋」的阿爾瑪相遇，進入王立第二學園就讀，並在此接連發揮過去被稱為【賢者】的實力──!!

凶器是毀壞之黑的呼喊

作者：河野裕
插畫：越島はぐ
譯者：王昱婷

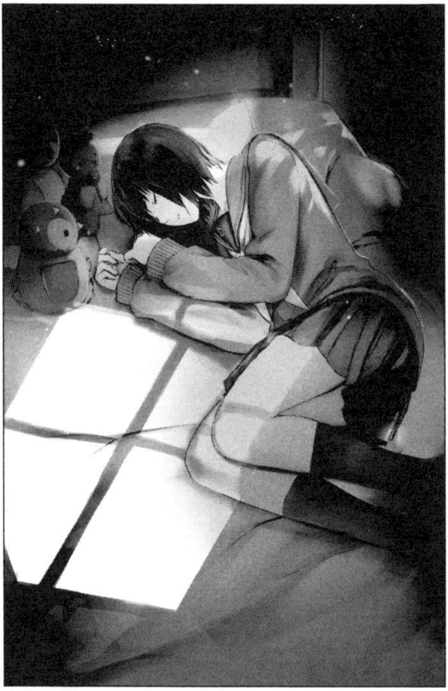

(KYOUKI WA KOWARETA KURO NO SAKEBI)
©2016 by YUTAKA KONO, HAGU KOSHIJIMA/SHINCHOSHA PUBLISHING CO.

倘若理想與幸福相互矛盾，
你會選擇追求何種未來？

你所追求的是夢想，抑或是幸福呢？
新聞社創立了。轉學至柏原第二高中的安達，為了島上唯一的小學生・相原大地，向眾人提倡展開社團活動。班上同學紛紛表示贊同，然而七草卻察覺到了，那是企圖將堀逼入絕境而設計的巧妙陷阱。解開封藏的階梯島歷史、堀所追尋的夢想，以及七年的歲月痕跡。位於終點的究竟是幸福，抑或是不幸……震撼心靈的青春懸疑小說，第４彈。

輕小說

LIGHT NOVELS

不正經的魔術講師與追想日誌3

(原著名：ロクでなし魔術講師と追想日誌3)

原作：羊太郎

插畫：三嶋くろね

譯者：林意凱

日本株式会社KADOKAWA正式授權中文版

【發行人】范萬楠

【出　版】東立出版社有限公司

台北市承德路二段81號10樓　TEL：(02)2558-7277

【香港公司】東立出版集團有限公司

香港北角渣華道321號　柯達大廈第二期407室　TEL：23862312

【劃撥帳號】1085042-7

【戶　名】東立出版社有限公司

【劃撥專線】(02)2558-7277　總機 0

【美術總監】林雲連

【文字編輯】盧家怡

【美術編輯】陳繪存

【印　刷】勁達印刷廠

【裝　訂】台興印刷裝訂股份有限公司

【版　次】2019年02月24日第一刷發行